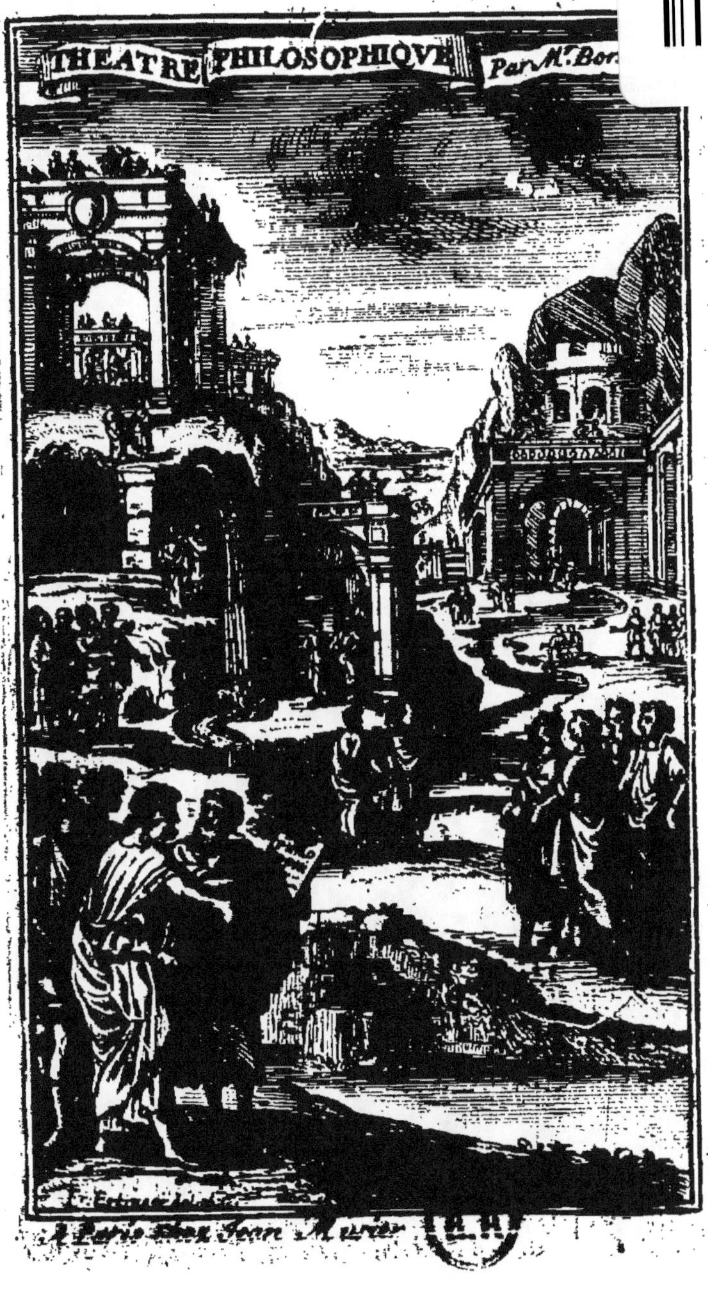
THEATRE PHILOSOPHIQVE
Par Mr. Bor

A Paris chez Jean Musier

THEATRE PHILOSOPHIQVE Par Mr Bordelon

A Paris Chez Jean Musier

THEATRE
PHILOSOPHIQUE

Sur lequel

On represente par des Dialogues
dans les Champs Elisées

LES PHILOSOPHES

ANCIENS & MODERNES,

Et où

L'on rapporte ensuite leurs opinions,
leurs reparties, leurs sentences , &
les plus remarquables actions de
leur vie. II F

PAR M^R. BORD

A PARIS,

Chez

CLAUDE BARBIN , au Palais, sur le
second Perron de la sainte Chapelle.
ET
JEAN MUSIER, sur le Quay des
grands Augustins , au saint Esprit.

M. DC. XCII.

AVEC PRIVILEGE DU ROY.

A TRES-HAUT

ET TRES-PUISSANT SEIGNEUR

MESSIRE CHARLES COMT

D'AUBIGNE

CHEVALIER, COMMENDEUR

DES ORDRES DU ROY,

GOUVERNEUR ET LIEUTENANT
General pour sa Majesté dans la
Province de Berry.

ONSEIGNEUR,

Pendant que ceux de la
ville de Bourges, où j'ay

à ij

pris naissance, & la capitale de vôtre gouverne-
ment ; animez par la joye
qu'ils ont de vous avoir
pour Gouverneur, se pre-
parent à vous recevoir ;
, m'a fait mes efforts pour
prevenir leur appareil par
un spectacle qui ne vous
déplaira peut-être pas ; puis
que c'est un Theatre , sur
lequel sont representez des
Sçavans, qui se sont di-
stinguez du commun des
hommes par leur pénétra-
tion dans ce qu'il y a de
plus utile dans la morale ,
& de plus difficile à com-

EPISTRE.

prendre dans la nature &
dans ses differens effets.

Cependant, MONSEI-
GNEUR, s'il est vray que
c'est particulierement par la
nouveauté, & par la sur-
prise, que les spectacles
font du plaisir, j'ay lieu de
craindre que celui-ci ne
vous réjoüisse pas autant
que ie le souhaite, parce
qu'il n'y paroîtra rien qui
soit nouveau pour vous.
La connoissance que vous
avez de l'histoire ancienne
& moderne ne vous fera
trouver sur ce Theatre que
des Acteurs dont les opi-

ā iij

EPISTRE.

nions, les reparties, les fentences, & les caracteres,
vous font parfaitement connus.

*Quelques connus pourtant
que vous foient*, MON-
SEIGNEVR, *les plus habiles
de l'antiquité & de nos
tems; la reflexion que je
fais fur vos manieres af-
fables, fur vôtre humeur
bien-faifante qui vous fait
aimer de tout le monde,
& fur l'eftime que l'a-
mour que vous avez pour
les fciences, vous donne
pour les Sçavans, me per-
fuade que vous aimez tou-*

EPISTRE.

jours à les voir, & à les
entendre, lorsqu'ils se pre-
sentent devant vôtre Grandeur, & qu'ainsi ces Phi-
losophes que je vous don-
ne en spectacle, pourront
encore vous faire quelque
plaisir par leurs entre-
tiens, & par tout ce que
vous lirez de leur vie
dans l'Ouvrage que j'ay
l'honneur de vous presen-
ter.

L'estime, MONSEI-
GNEVR, que vous avez
pour les Sçavans, est reci-
proque, puisqu'il n'y en a
pas un de ceux qui vous

EPISTRE.

approchent, qui n'en ait une tres-singuliere, & tres-respectueuse pour vôtre Grandeur, & qui ne soit en même tems surpris de ce qu'avec une connoissance si étenduë dans les belles lettres, vous avez pû acquerir tout ce qu'un homme de vôtre rang doit sçavoir pour être utile au Roy, comme le justifient les glorieux témoignages qu'il vous donne de son estime, & de sa confiance.

Pour moy, MONSEIGNEUR, il n'y a rien qui

EPISTRE.

me surprenne dans tout ce qu'on admire en vous, quand je fais attention au merite de vos Ancê-tres; puisque dans l'espa-ce de plusieurs siecles je trouve entr'eux des hom-mes * ; qui vous ont exci-té par leur exemple à devenir ce que vous étes; c'est-à-dire, à soûtenir di-

* Entr'autres Geofroy d'Aubigné qui possedoit en Sireric la Seigneurie d'Aubigné l'an 1160. avec le titre de Chevalier qu'il merita par les grandes actions qu'il fit dans les guerres pour la défense de l'Etat. Ses descendans, comme Jean Sire d'Aubigné en 1201. Olivier Sire d'Aubigné en 1255. &c. furent honorez du même titre pour leurs services militaires.

gnement les avantages de vôtre sang, dont le caractere est d'exceller dans tout ce qui demande beaucoup de cœur & d'esprit. Qu'il est beau de compter, comme vous, pendant plus de six siecles, des Ancêtres nobles par leur sang, glorieux par leurs emplois, illustres par l'histoire, & considerables par leurs alliances * ! Mais il est en-

* Comme entr'autres Theodore Agrippa d'Aubigné Chevalier, Baron de Surineau, Deslandes, de Guinemaye, & du Chaillou, Escuyer d'Henry IV. Gentilhomme ordinaire de sa Chambre, Gouverneur des Isles & Château

EPISTRE.

core plus beau de suivre leurs traces, & même de les surpasser, comme vous faites, dans ce qu'ils ont fait paroître de plus sage & de plus grand. S'ils vivoient encore à present, qu'ils auroient de joye de vous voir si noblement répondre aux exemples qu'ils vous ont donnez, & de remarquer dans une autre

de Maillesais, Maréchal des camps & armées du Roy, Vice-Amiral de Guienne & de Bretagne, celebre par l'histoire qu'il fît des guerres de son tems, qui épousa le cinquiéme Juin 1585. Susanne de Lesai-de Lusignan fille d'Ambroise de Lesai, & de Renée de Vivonne Dame de Murçai,

EPISTRE.

personne de vôtre sang ;
tant de solidité dans l'esprit , tant de prudence
dans la conduite , tant de
piété dans les mœurs !
Qu'ils seroient édifiez des
soins qu'elle prend de toutes ces jeunes filles distin-
guées par leur naissance,
qui sont comme autant de
fleurs qu'elle cultive , pour
être en suite répanduës
dans tout le Royaume, &
le parfumer de la bonne
odeur qu'elle leur a donnée
par son attention , &
par son Zele ! Qu'ils ver-
roient avec plaisir l'estime

EPISTRE.

particuliere que le plus grand Roy du monde a pour son esprit & pour sa vertu! Enfin qu'ils auroient de gloire de vous trouver l'un & l'autre dans une élevation digne de vos rares qualitez!

Mais, MONSEIGNEUR, je laisse une matiere si relevée à des plumes plus scavantes. L'Epître a ses bornes, & le sujet n'en a point. Ainsi je me limite à present dans la seule passion que j'ay, de vous dire avec un

EPITRE

profond respect, que je suis,

DE VOSTRE GRANDEUR,

Le tres-humble, & tres-
obeïssant serviteur
BORDELON.

AVERTISSEMENT.

I L faut regarder les trente Dialogues qu'-
on lira ici , comme autant de fcenes naturelles
repreſentées aux champs Eli-
ſées , où le hazard fait la rencontre de ces Philoſophes , &
le ſujet de leurs entretiens ; &
où ils ſe diſent reciproquement, ſans ſe rien déguiſer,
ce qu'ils penſent les uns des
autres.

Dans ce que je dis de leur
vie , je rapporte leurs plus par-
ticulieres opinions, ſans prendre party ; leurs actions , ſans

y ajoûter, ou en ôter aucune circonſtance conſiderable, & leurs ſentences & reparties, ſans en obmettre aucune de celles qui ſont venuës à ma connoiſſance par les exactes recherches que j'en ay faites. Je n'ay pas même voulu laiſſer celles qui ſont les plus connuës. Ieurs reparties, leurs ſentences, leurs actions, & leurs opinions ſont tirées de pluſieurs Auteurs anciens & modernes, dont voicy les noms par ordre alphabetique. *Ablancourt. Alexandre Necan. Alſtedius. Saint Ambroiſe. Ammian Marcellin. Apulée. Arrien. Athenée. S. Auguſtin. Clement Alexandrin.*

AVERTISSEMENT.

Delancre. Diogene Laërce. E-
rasme. Horace. S. Irenée. Justin.
Lucien. Moreri. Natalis Co-
mes. Naudé. Pline. Plutarque.
Porphire. Le pere Rapin. Scaliger. Theodoret. Le pere Thomas-
sin. M. de Thou. Varron. M. de
la Motte le Vayer. Valere Maxime. Xiphilin.

TABLE
DES NOMS,

DES PHILOSOPHES

dont il est parlé dans
cet Ouvrage.

A

Fin de la Table des Matieres.

Extrait du Privilege du Roy.

PAR grace & Privilege du Roy, donné à Paris, le 28. jour de Janvier, l'an de grace 1692. Signé par le Roy en son Conseil, LE NORMANT ; Il est permis à M. L. Bordelon de faire imprimer un Livre intitulé , Theatre Philosophique , sur lequel sont representez par des Dialogues les Philosophes anciens & modernes , par lui composé , par tel Imprimeur ou Libraire qu'il voudra choisir, & ce pendant l'espace de huit années , à compter du jour qu'il sera achevé d'imprimer pour la premiere fois. Avec défenses à tous Imprimeurs , Libraires , de l'imprimer sans le consentement dudit Exposant , à peine de trois mille livres d'amande , & de tous dépens dommages & interêts , comme il est plus au long porté par lesdites lettres.

Regiſtré ſur le livre de la Communauté des Marchands Libraires & Imprimeurs de Paris . le 5. Fevrier 1692. Signé, AUBOUIN, Syndic.

Achevé d'imprimer pour la premiere fois, le premier Mars , 1692.

THEATRE

THEATRE
PHILOSOPHIQUE

DIALOGUE I.

SOLON CHRYSIPPE.

SOLON.

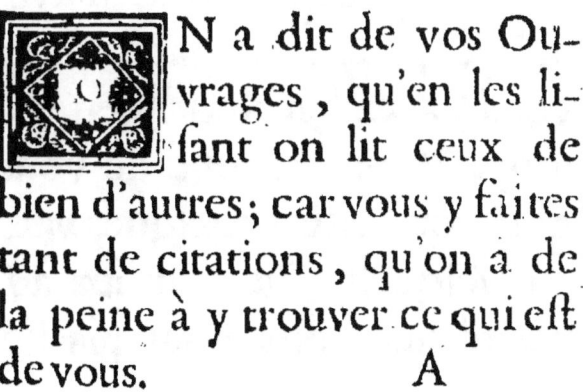

N a dit de vos Ou-
vrages, qu'en les li-
fant on lit ceux de
bien d'autres; car vous y faites
tant de citations, qu'on a de
la peine à y trouver ce qui eſt
de vous.   A

CHRYSIPPE.

Puisque vous me reprochez mes citations, ne trouvez pas mauvais, si je vous dis qu'on en fait de vous , qui ne répondent point du tout à l'idée que l'on doit avoir d'un des sept Sages de la Grece.

SOLON.

Que peut-on citer de si contraire à ma reputation?

CHRYSIPPE.

Je vais vous en faire ressouvenir , puisque vous l'avez oublié , car apparemment vous l'avez sçu aussi bien que moy. On dit donc de vous, que vous fites quelques vers, par lesquels , vous disiez à la verité que vous vous plaisiez à frequenter les Mufes ; mais c'étoit aprés avoir affûré que vous aimiez à faire la cour au Dieu du vin & à la Déeffe des Amours. A ce que je vois, les grands noms ne font pas des marques affurées du mérite des perfonnes, ou plûtôt, ce n'eft pas une chofe fûre, que, quand on a de la reputation parmi les hommes, on ait eu tout ce qu'il faut pour la meriter ; par exemple, comment peut-on s'imaginer que Solon ait pû être fage avec les femmes & le vin ?

SOLON.

Mais qui eft-ce qui croira que Chryfippe, qui avoit affez d'impertinence pour foûtenir

A ij

qu'un Sage doit être toûjours
preft à faire trois fois la culle-
bute, pourvû qu'il se presente
l'occasion de gagner un talent,
ait osé faire des réprimandes
à Solon, qui donna de si judicieux conseils au plus riche
Roy du monde ?

CHRYSIPPE.

Si vous avez cru qu'un Sage
peut faire l'amour & boire
beaucoup, sans perdre rien de
sa sagesse ; pourquoi ne voulez-vous pas, qu'il puisse aussi
faire quelques cullebutes pour
son utilité ? Les cullebutes, il
est vray, dérangent le corps,
mais je trouve que l'amour &
le vin dérangent beaucoup
l'esprit.

SOLON.

Vous vous moquez, de me dire que le vin dérange l'esprit; avez-vous oublié que, quand vous aviez bû plus qu'à-l'ordinaire, vôtre servante remarquant la fermeté de vôtre corps & le mouvement continuel de vos jambes, disoit, que dans vôtre personne il n'y avoit que vos jambes qui fussent yvres? Que dites-vous de cette remarque? avez-vous à présent autant envie de rire que vous en aviez lorsque vous vîtes cet asne manger des figues à vôtre table?

CHRYSIPPE.

J'en rirois encore s'il étoit icy, aussi volontiers que si je

A iij

Vous voyois courir les ruës &
faire le fou comme vous faiſiez autrefois à Athenes pour
gagner l'Iſle de Salamine.

SOLON.

Je vous permettrois de rire,
pourvû que j'euſſe lieu d'eſ-
perer de vous voir rentrer en
raiſon auſſi promptement que
firent les Atheniens.

CHRYSIPPE.

Je vous promets que je rirois, parce que l'action eſt
fort riſible ; mais je ne vous
promets pas de vous accorder
en faveur de cette action tout
ce que vous exigeriez de moy.
Si les foux ont tant de pouvoir
ſur les eſprits, quel credit auront donc ceux qui ſont ſages?

SOLON.

Le nombre de ceux-cy eſt
ſi petit en comparaiſon de
ceux-là, que nous devons
plûtôt, pour le bien public, tâcher à faire un bon uſage des
extravagances des foux, que
des maniéres d'agir des Sages?

CHRYSIPPE.

Oh, il ne faut pas que vous
croyiez que tous les Sages
ſoient compris dans le cata-
logue qu'on a donné de ceux
de la Grece. Je vous regarde,
vous autres ſept Sages, comme des Sages ſi extraordinaires
& ſi inimitables, qu'on a jugé
à propos de faire de vous une
bande à part.

SOLON.

Pourquoy nous féparer ainfi des autres ?

CHRYSIPPE.

Examinez vôtre fageffe, & vous fçaurez aifément pourquoy. Pour moy qui ne la connois pas à fonds, je ne puis pas vous apprendre la caufe de cette feparation.

SOLON.

Vous me renvoyez à un examen bien malicieux.

DE SOLON.

SOLON un des sept Sages de la Grèce, nâquit à Athènes en la 35. Olympiade. Une de ses actions les plus remarquables est celle par laquelle il rendit ses Concitoyens maistres de l'Isle de Salamine. Quoy que cette l'action ait quelque chose de fort extravagant, elle n'a pas laissé de le faire admirer comme un homme veritablement zélé pour les interests de sa Patrie. Voicy l'Histoire de cette action.

Les Athéniens ayant reçû de grands dommages & fait des pertes considerables dans la guerre qu'ils avoient euë avec les Mégariens pour la possession de l'Isle de Salamine, défendirent sur peine de la vie de leur parler jamais

A v

de songer à recouvrer cette Isle.
Solon ayant bien de la peine à
obeïr à cette défense, parce qu'il
la croyoit pernicieuse pour les
Athéniens ; mais aussi craignant
que s'il leur parloit, pour les exciter
à recommencer la guerre, il ne
fût puni pour sa desobeïssance:
voicy l'artifice dont il se servit,
afin de ne point se perdre en voulant servir sa Patrie, il s'habilla
d'une manière extravagante, fit le
fou, & sous pretexte de folie s'en
alla dans les places publiques, où
il parla si vivement aux Athéniens
pour les porter à faire la guerre
aux Mégariens, qu'ils l'entrepri-
rent sur le champ, vainquirent les
Mégariens & reprirent Salamine.
Dans la suite ne pouvant souffrir
la tyrannie de Pisistrate, il se retira vers Crésus Roy de Lidie.
Celui-cy s'étant un jour vêtu de
ses habits les plus magnifiques,
demanda à Solon s'il n'avoit ja-

mais rien vû de plus beau ? Solon luy dit qu'il étoit bien plus charmé en voyant les cocqs, les faisans, les paons, dont les vestemens font d'une beauté admirable & naturelle : il dit encore à ce Prince qui luy montroit fes richeffes immenfes, que l'on n'étoit heureux qu'aprés fa mort.

Aprés avoir demeuré quelque temps auprés de Créfus il alla en Cilicie où il bâtit la ville de Solis. Les Athéniens qui habiterent cette Ville, corrompirent tellement leur langage par fucceffion de temps, qu'on l'appella Solecifme, pour le diftinguer de celuy qui étoit plus pur, & plus correct.

Il établit des Loix fort judicieufes ; par exemple, il ordonna que le Fils ne feroit point tenu de nourrir fon Pére dans la vielleffe, fi le Pére ayant pû faire apprendre au Fils un métier dans fa jeuneffe ; il avoit negligé ce devoir.

Il voulut que le corps ne souffrit rien pour les dettes civiles, & que la nouvelle mariée mangeaft quelques fruits de bonne odeur, avant que d'habiter avec fon mari, pour luy apprendre qu'elle devoit toûjours luy parler avec douceur & d'une maniére agréable.

Quelques-uns de fes Amis luy joüerent un mauvais tour, dont il fut fort indigné; c'eft que leur ayant témoigné avec confiance qu'il avoit deffein d'abolir toutes les dettes, ils emprunterent promptement le plus d'argent qu'ils purent.

Selon luy on devoit regarder comme infames ceux qui dans une fedition de ville ne prenoient aucun parti.

Voicy quelques-unes de fes Sentences.

Ne fais pas le Prince, fi tu n'as pas appris à l'eftre.

Ne confeille point aux Princes

feulement ce qui leur plaît, mais
ce qui leur eft utile.

Apprens à te gouverner avant
que de gouverner les autres.

Les loix font femblables aux
toiles daraignées, qui retiennent
les petites mouches, & fe laiffent
rompre par les groffes.

Les Rois fe fervent de leurs
Sujets, comme de jettons qu'ils
font valloir autant qu'ils veulent.

Je ne fais point de Loix contre
les parricides, parce que je ne
croi pas qu'il puiffe jamais fe trouver de tels criminels.

Ne fais pas legérement des
Amis, mais conferve bien ceux que
tu as une fois faits.

Fais plus de cas de la probité
d'un homme que de fon ferment.

Pour faire durer un Empire,
il faut que le Magiftrat obeïffe
aux Loix, & le Peuple au Magiftrat.

Les Villes font les égouts de

la misére humaine.

Quelqu'un luy disant, pour le consoler de la mort de son Fils, que ses pleurs ne serviroient de ,, rien. C'est, dit-il, ce qui fait ma ,, plus grande tristesse.

Il mourut en Cypre âgé de 80. ans. Plutarque le fait autheur de quelques vers que Monsieur A-miot a traduits de cette manière.

> Dame Venus est ores mon déduit,
> Et de Bacchus le breuvage me
>   duit ;
> Les dons aussi des Muses, car ce
>   sont
> Les points qui l'homme en plaisir
>   vivre font.

DE CHRYSIPPE.

CHRYSIPPE étoit dé Solos Ville de Cilicie ou de Tarse. Il s'appliqua d'abord à bien conduire un chariot , & étudia sous Cléante. Son esprit qui étoit extrememement subtil luy fit prendre plaisir à la Logique la plus contentieuse. Valere Maxime dit, qu'à l'âge de 80. ans il en acheva un traité qu'il avoit commencé à quarante.

Ce fut luy qui expliqua le premier , mais d'une maniére fort grossiére & fort ridicule les sentimens de Zenon ; & parce que celuy-cy avoit dit que le Sage étoit tout ; le Sage , disoit Chrysippe, est bon cordonnier, quoy qu'il ne fasse pas des souliers ; il a là thé-

orie de cet art, & il ne dépend que
de luy de la mettre en pratique.
Zenon vouloit seulement dire par
sa proposition, que la sagesse doit
tenir lieu de tout aux hommes.

On dit de luy qu'il avoit le
corps foible & petit, & que quand
il s'égayoit à boire, son corps se
tenoit ferme en une place, mais
ses jambes se remuoient de telle
sorte, que sa servante disoit qu'il
n'y avoit rien de sa personne, qui
fust yvre, excepté ses jambes.

Il a meslé quelques ordures
dans ses ouvrages en parlant de
Jupiter & de Junon. Il faisoit tant
de citations dans ce qu'il donnoit
par écrit au public, qu'il insera
toute la Medée d'Euripide dans
quelques Opuscules de sa façon ;
c'est pourquoy en lisant son livre,
on disoit, je lis la Medée d'Euripide : On disoit encore que ses livres demeureroient blancs, si l'on
en ôtoit ce qu'il a tiré des autres.

Plutarque aſſûre que ce Philoſophe avoit écrit un livre des offices ou devoirs de la vie, dans lequel il ſoûtenoit qu'un homme ſage devoit être toûjours preſt à faire trois fois la culebute, pourvû qu'il y eût un talent à gagner. Le même Plutarque a fait un traité entier contre les Stoïciens, & par conſequent contre Chryſippe. Pour ſçavoir les opinions de ces Philoſophes, il ne faut que lire ce traité.

Chryſippe ſe plaiſoit à faire des argumens captieux : en voicy quelques-uns.

Celuy qui eſt à Megare n'eſt point à Athenes, l'homme eſt à Megare, donc l'homme n'eſt point à Athenes.

Tu tiens ce que tu n'a pas perdu, tu n'as pas perdu des cornes, tu as donc des cornes.

La pierre eſt un corps, un animal eſt un corps, tu es animal, donc tu es une pierre.

Nulle pierre eſt animal , tu es animal, donc tu n'es pas pierre.

Il diſoit, 1°, qu'il y a des méchans eſprits qui vont çà & là par le monde comme bourreaux envoyez par les Dieux pour punir les méchans.

2°, Que tous les pechez ſont égaux & toutes les vertus égales.

3°, Qu'il y a trois ſortes d'animaux ; les uns puiſſans de corps, comme les beſtes brutes ; les autres de l'eſprit comme les hommes ; & les troiſiémes , puiſſans de corps & d'eſprit , comme les Dieux.

4°, Que Dieu ſuſcitoit les grandes guerres , comme celle de Troye , exprés pour décharger la terre de la trop grande multitude d'hommes qui s'y pourroient trouver en même temps.

5°, Que l'ame a été donnée aux animaux , au lieu de ſel , pour les garder de corruption.

Il vouloit que l'on mangeaſt les corps des défunts.

Quelques-uns diſent qu'ayant bû trop de vin doux tout pur pendant un ſacrifice, il fût ſaiſi d'un tournoyement de teſte, dont il mourut dans cinq jours âgé de 73. ans, vers la 134. Olympiade; d'autres aſſûrent qu'il mourut à force de rire voyant un aſne manger des figues dans un plat qui étoit ſur une table. *Il vecut plus de 70 ans ſelon Valere maxime.*

DIALOGVE II.

PARACELSE, EPICURE,

PARACELSE.

VOTRE Philosophie a
été bien maltraittée.

EPICURE.

A peu prés autaht que vô-
tre medecine.

PARACELSE.

Il est vray que les Mede-
cins de mon têms m'ont fait
une guerre continuelle à cause que je ne me laissois pas
préocuper, comme eux, par les
opinions qui regnoient alors.

EPICURE.

Les Philosophes mes con-
temporains m'ont aussi fait
toûjours la guerre, parce que
je me suis écarté de leurs sentimens.

PARACELSE.

Ajoutez, parce qu'outre cela, vous avez tâché de les détruire par des médisances qui
ne tendoient qu'à les diffamer.

EPICURE.

Je vous ajoûteray donc
aussi que vous n'avez pas mar-
qué avoir aucune estime pour
les autres Medecins, quand
vous soûteniez que le moindre de vos cheveux sçavoit
plus de medecine que tous les
Medecins d'Allemagne.

PARACELSE.

Je trouve des comparaisons
entre nous deux ausquelles je
n'avois point encore fait attention. En voicy une qui me
paroît assez juste.

EPICURE.

Dites, je vous prie.

PARACELSE.

Vous sçavez que, lorsque
vos amis veulent justifier vôtre morale, particuliérement
vôtre opinion sur le souverain
bien , ils pretendent prouver
qu'il n'y a que ceux qui ne
l'entendent pas, qui luy ont
donné une mauvaise interpretation.

EPICURE.

On me rend justice quand

on parle de la forte contre
mes ennemis.

PARACELSE.

Oh, on ne vous en croira
pas fur vôtre parole ; car il
y en a qui difent qu'en donnant une fage interpretation
à vôtre fentiment, on vous
traitte comme Homere, qui
a eu le bonheur d'avoir des
gens qui ont donné à fes ra-
fodies des explications aufquelles il n'avoit point du tout
fongé. Mais, quoy qu'il en
foit, paffons à ce qu'on dit de
moy, pour vous montrer la
comparaifon dont je vous ay
parlé ; c'eft qu'on affûre que
j'ay été beaucoup attaqué, &
mal entendu, c'eft-à-dire, que

ceux qui ont censuré mes ouvrages ne les comprenoient
pas.

EPICURE.

Je le croy sans en douter
en aucune maniére ; car il
arrive fort souvent que l'on
entre en mauvaise humeur ;
lors qu'il se presente à l'esprit
quelque chose qu'il ne con-
çoit pas ; & que par vengeance on médit tout ce qu'on ne
peut atteindre.

PARACELSE.

Puis que nous nous ressem-
blons en tant de maniéres
faisons donc, je vous prie, une
liaison d'amitié entre-nous.

EPICURE.

Je le veux, mais à condition,
que

que cet esprit familier qu'on dit qui vous suivoit par tout, ne se mêlera point dans nôtre commerce.

PARACELSE.

Ne craignez rien , je l'ay laissé avec le pommeau de mon épée , où il se tenoit or-dinairement enfermé.

EPICURE.

Parlez-moy de bonne foy, en aviez-vous un ?

PARACELSE.

Je ne sçay que vous répon-dre : Car si je vous dis que je n'en avois point , je donne un dementi aux esprits simples qui le croyent , & comme ces esprits simples sont en bien plus grand nombre que les

B

esprits forts , je me mets en danger de m'attirer bien des affaires ; car il n'y a rien de si dangereux que de resister à des ignorans zelez. Mais aussi, si par complaisance je vous a-voüe que j'en avois un , je me donne un démenti à moy-même , car je n'en croy rien, parce que je n'ay jamais con-nu cet esprit familier ; mais comme je me défie extrême-ment de moy-même , & que je me suis voulu persuader que je pouvois avoir eu cet esprit à mon service, sans m'en être apperçû ; J'ay demandé à Socrate, s'il est vray qu'il en ait eû un ; & comme il m'a assûré que non ; je croy à

présent plus hardiment, que
je n'en ay aussi jamais eû.

EPICURE.

Je vois ce que c'est ; vôtre
habileté étoit vôtre esprit familier.

❧❧❧ ❧❧❧ ❧❧❧ ❧❧❧ ❧❧❧ ❧❧❧ ❧❧❧ ❧❧❧❧❧

DE PARACELSE

PARACELSE n'âquit à Einst-
déln, petit bourg prés de Zu-
rich en Suisse en 1493. il s'appliqua
particuliérement à la Medecine, &
voyagea en France, en Espagne, en
Italie & en Allemagne, pour y connoître les plus celebres Medecins.
Il enseigna ensuite la Medecine à
Basle. Les remedes chimiques lui
étoient d'un grand usage pour
guérir des maladies incurables.
Comme il fist ses efforts pour détruire la méthode de Galien qui

luy paroiſſoit peu ſûre, cette conduite lui attira la haine de preſque
tous les Medecins. D'un autre
côté l'affeſtation qu'il eût d'être
obſcur le rendît recommandable,
& il s'acquiſt beaucoup de credit,
parce que ne parlant pas comme
les autres, on ne l'entendoit
point.

On a dit qu'il avoit plûtôt l'air
d'un Operateur que d'un Philoſophe, que toutes ſes paroles é-
toient des énigmes, & ſes diſcours
des miſtéres. qu'il a été beaucoup
attaqué & mal entendu, & qu'il
paſſa ſa vie dans une continuelle
chaſteté, ce que l'on conjeſturoit
de l'averſion qu'il montroit pour
les femmes.

Il y en a qui ont crû qu'il avoit
un démon familier renfermé dans
le pommeau d'une épée, & que
c'étoit à cauſe de cela qu'il ne la
quittoit point quand il ſe couchoit.

Ce fût lui qui rétablit la Chimie en Allemagne. L'Empereur Charles-Quint l'écouta d'abord ; mais dans la suite il le traita de visionnaire, à cause qu'il luy proposa de l'enrichir par l'invention de la Pierre Philosophale. Quelques-uns s'imaginoient qu'il faisoit de l'or avec du plomb & de l'argent-vif, parce que les soirs il se couchoit sans avoir un denier, & le matin il montroit une bourse pleine d'argent.

Il ne bût que de l'eau jusques à l'âge de 25. ans, & ensuite il aima tant le vin qu'il étoit presque toûjours yvre : il ne laissoit pas de dicter dans cet état des choses tres-doctes & tres-judicieuses.

S'étant voulu mesler de Théologie, il tomba dans diverses erreurs.

Il a soûtenu qu'Adam & Eve n'avoient point les parties necessaires à la generation.

Il étoit si perfuadé qu'il étoit
fçavant, qu'il foûtenoit que le
moindre de fes cheveux fçavoit
plus de medecine que tous les
Medecins d'Allemagne.

Quoy qu'il fe fut venté de pouvoir par fes remedes conferver
pendant plufieurs fiécles un homme en vie, il ne laiffa pas de mourir lui-même âgé feulement 48.
ans.

D'EPICURE.

EPICURE nâquit dans une
bourgade du païs d'Athenes
vers la 109. Olympiade & vers l'an
de Rome 412. Il fut difciple de
Democrite. On l'a appellé pourceau, à caufe qu'il faifoit confifter
le fouverain-bien dans la volupté;
ceux qui prennent fon parti, pretendent faire voir par fes écrits,

par ses discours, & par sa manière
de vivre que cette volupté dans
laquelle il mettoit le souverain-
bien, étoit tranquille & insepa-
rable de la vertu, & assurent que
ce n'a été autre chose que la vie
scandaleuse des faux disciples de
ce Philosophe qui l'ont diffamé.
Plutarque est un de ses plus grands
ennemis, il veut que cette pre-
tenduë volupté de l'esprit, dont on
parle pour justifier Epicure, ne soit
qu'un artifice dont-il se servoit
pour déguiser sa veritable opinion.
Pour confirmer ce sentiment, il
assûre qu'Epicure rejettoit les
Mathématiques, les Arts liberaux,
l'Etude, la Poësie, & la Musique,
comme des choses trop spirituel-
les, qu'il n'aimoit que les plaisirs,
les bouffonneries, & les femmes,
& qu'en fin à la mort personne
ne voudroit être de son opinion,
sans être entiérement abruti.

On a crû que ce qui a tant éle-

vé d'ennemis contre Epicure, c'eſt
à cauſe qu'il prenoit plaiſir à mé-
dire de ceux qui avoient acquis
le plus de reputation dans la Philoſophie ; il n'épargna pas même
Democrite , l'appellant ordinairement Lerocrite ou cenſeur de ba-
gatelles. Enfin on peut dire qu'E-
picure eſt le hibou des Philoſophes , que tous les autres ont
pourſuivi d'une conſpiration com-
mune. Ciceron le compare l. 3.
& 5. Tuſcul qu. & l. 2. Defin. à
Caïus Graccus qui parloit comme un Avocat Fiſcal du bon mé-
nagement des Finances en même
têms qu'il les diſſipoit toutes par
ſes profuſions ; c'eſt qu'il pretend
que pendant qu'Epicure poſoit
pour fondement de toute la ſcience des mœurs , qu'on ne ſçauroit
vivre heureux ni avec plaiſir, ſinon
autant que nôtre felicité eſt accompagnée de prudence , d'hon-
neſteté , & de juſtice , qualitez in-

feparables de la vraye & folide
volupté ; il vivoit d'une maniére
oppofée à ce fentiment ; enfin on
l'a accufé de tenir les ames mor-
telles, démier la providence & de
fe mocquer de toutes fortes de
Religions.

Il a eu cependant fes partifans,

On dit qu'un nommé Colotes
l'écoutant un jour difcourir fur les
chofes naturelles, il en fut fi charmé qu'il fe profterna en terre, &
embraffa fes genoux ; Petronius
Arbiter l'appelle le Pére de la Verité. Selon quelques-uns les autres Philofophes parloient mieux
qu'ils ne vivoient , & les Epicu-
riens vivoient mieux qu'ils ne parloient , parce que leurs difcours
pouvoient étre mal interpretez.

On remarque , que fon école a
duré plus que toutes les autres fans
intermiffion ; que fa fecte n'a jamais été divifée par factions differentes, & qu'aucun de fes dif-

B v

ciples ne la quittoit pour prendre parti ailleurs, au lieu qu'il en recevoit tous les jours une grande quantité qui abandonnoient les autres pour embrasser la sienne.

Il disoit, 1º, Qu'il faut avoir soin de bien cacher sa vie, que nous devons plûtôt prendre garde avec qui nous mangeons & buvons, qu'à ce que nous mangeons & buvons.

2º, Que le Sage ne doit jamais rechercher d'amour une femme dont les Loix lui défendent la jouïssance.

3º, Qu'on doit exposer sa vie hardiment, parce que la mort n'est pas une chose mauvaise.

4º, Que la santé doit être tenuë indifferente. C'est pourquoy il mettoit au commencement de ses Lettres, je souhaitte que vous fassiez bien, & non pas je souhaitte que vous vous portiez bien.

5º, Qu'il vaut mieux être mal-

heureux & raiſonnable, qu'heureux & ſans raiſon.

6°, Que la bonne fortune ſe
trouve rarement avec la ſageſſe.

7°, Que pour vivre heureux &
avec plaiſir, il faut que la felicité
ſoit accompagnée de la pudeur,
de l'honnêteté & de la juſtice.

8°, Que les tourmens n'empê-
chent pas la felicité du ſage, quoy
que la douleur luy puiſſe tirer
quelques ſoupirs.

9°, Que faire du bien à autruy
eſt non ſeulement plus honnête
que d'en recevoir, mais encore
plus plaiſant.

10°, Que ce n'eſt pas être impie d'ôter au peuple & à la multitude, des Dieux tels qu'elle ſe
les figure ; mais que l'impieté
conſiſte à penſer d'eux les mêmes
choſes que fait le peuple.

Selon lui. 1°, Le Soleil n'eſt pas
plus grand qu'il le paroît à nos
yeux, il s'éteint tous les ſoirs dans

les eaux de l'Occean, & fe rallu-
me le matin dans l'Orient. 2°, Les
Dieux on forme d'hommes ; mais
ils ne peuvent être apperçus que
de la penfée à caufe de la fubtili-
té de la nature de leurs figures.

3°, Les Atomes font les principes de toutes chofes ; ces Atomes
font des corps indivifibles , per-
ceptibles feulement par la raifon,
folides fans aucun vuide, non en-
gendrez, immortels, éternels, in-
corruptibles fe mouvans dans un
infini & par un infini , qui eft le
vuide : Ils ont figure, grandeur,
&poids , & leur nombre eft infini.
4°, Il y a une infinité de mondes.

Il mourut âgé de 72. ans d'une
retention d'urine caufée par la
pierre, avec des douleurs incroya-
bles, qui durerent pendant quatorze jours fans qu'il donnât aucune marque d'impatience.

DIALOGUE III.

AGRIPPA, ARCESILAUS,

AGRIPPA.

QUOY que mon livre de la Vanité des Sciences m'ait fait des affaires, je ne me repens pas de l'avoir mis au jour.

ARCESILAUS.

Pourquoy parler contre les Sciences, puis qu'elles vous avoient procuré tant d'honneurs & de biens pendant vôtre vie ?

AGRIPPA.

Mais vous, pour quoy ai-
mer tant les femmes, puis que
vous aviez assez d'esprit pour
connoître qu'un fort attachement pour elles peut avoir de
tres-facheuses suites?

ARCESILAUS.

Oh, il y a bien de la difference entre aimer les femmes
& parler mal des Sciences.

AGRIPPA.

Quelque difference qui vous
paroisse entre les Siences & les
femmes, je trouve du moins
de la ressemblance dans nôtre
conduite à eur égard. La voicy. C'est que comme les mouvemens du cœur ne se rappor-
tent pas toûjours aux raisonne-

mens de l'esprit : les reflexions
de) mon esprit me faisoient
estimer les Sciences ; mais le
mauvais usage que je voyois
en faire aux autres excitoit
mon ressentiment & passion-
noit mon cœur contre elles.
Aussi , quoy que par vos raisonnemens vous ayez parfaitement connu combien les commerces de l'amour sont pernicieux , cependant vôtre
cœur sensible pour ces mêmes
commerces l'excitoit à prendre leur parti, & à vous y abandonner. Que l'homme seroit
parfait si son cœur avoit assez
de docilité pour soûmettre ses
passions à la raison dont l'esprit luy montre la justice & la
beauté !

ARCESILAUS.

Vos raisonnemens ne sentent point du tout le sorcier.

AGRIPPA.

Eft - ce que vous êtes du nombre de ces bonnes gens qui sur des contes faits à plaisirs me croyent un si grand Magicien, qu'ils se servent de mon nom pour faire peur aux petits enfans ?

ARCESILAUS.

Vôtre Philosophie occulte a donné grand cours à cette mauvaise reputation.

AGRIPPA.

Vous avez raison de dire que ma Philosophie cachée est cause qu'on m'a crû un dangereux Sorcier. Car c'est affez de ne comprendre pas un ouvrage, pour croire qu'il y ait un grand myftére, & pour luy donner une criminel-le interpretation. Il femble que les hommes, afin de fe venger de la confufion que leur donne un livre qu'ils ne peuvent concevoir, tachent à le faire paffer pour ridicule & même pour pernicieux.

ARCESILAUS.

Tous vos raifonnemens, ne nous juftifieront point fur les abus que vous pretendiez introduire par voftre Philofo-phie ; demandez feulement que l'on ne vous croye que fuperftitieux ; ce fera plus de bon-heur pour vous, que vous

n'en pouvez legitimement' esperer, si on se contente de
vous accorder ce nom.

AGRIPPA.

Avez vous lû ce livre que
vous croyez si superstitieux ?

ARCESILAUS.

Non. Je ne parle, que sur
ce que d'habiles gens m'en
ont dit.

AGRIPPA.

Il ne faut pas decider seulement sur l'habileté de ces sortes de Juges, il faut encore voir
s'ils ont de la bonne foy.

ARCESILAUS.

Enfin vous êtes Auteur, &
par consequent vous donnez,
comme les autres, pour devise
à vos ouvrages, *nihil adden-*

dum , nihil detrahendum. Il n'y a rien à ajouter, ny à retrancher.

D'AGRIPPA.

HENRY Corneille Agrippa étoit de Cologne où il nâquit en 1486. on l'a accusé de magie, d'autres l'en ont justifié. Son traité de la Philosophie occulte a donné à quelques-uns une tresmauvaise idée de sa science. On l'a appellé le Trismegiste de son temps, à cause de la connoissance qu'il a euë des mystéres de la Théologie, des secrets de la Medecine, & de la vaste étenduë de la jurisprudence. Paul Joue, qui est un de ceux qui le traitent moins favorablement, avouë pourtant

qu'il avoit de l'efprit jufqu'au prodige. Gohory le place entre les
plus brillantes lumiéres de fon
fiécle, & Louis Vives le nomme
le miracle des Lettres & des Sçavans, & l'amour des gens de bien.
En 1509. il eût une chaire de Profeffeur des faintes Lettres à Dole.
s'étant fait des affaires avec quelques perfonnes zelées, il alla fervir en Italie dans l'armée de l'Empereur Maximilien, il y eût du
commandement, & s'y acquittant
de reputation par fa bravoure,
qu'il fût recompenfé d'un Collier
de l'Ordre de la Toifon d'or. Il
parloit huit fortes de langues. Il
obtint une chaire de Profeffeur à
Padouë, fut medecin de Louife
de Savoye mére de François premier, Confeiller & Hiftoriogra-
phe de Charles V. Empereur,
Syndic & Avocat general de la
Ville de Mets. Aprés quelques
voyages il mourut à Grenoble

l'an mil cinq cens trente - quatre.

Son traité de la Vanité des Sciences lui fit de méchantes affaires, & le rendit odieux à bien des gens, qui pretendoient y être offensez, à cause que leur profession y étoit attaquée.

Ses ennemis soûtiennent qu'il avoit deux demons sous la forme de deux petits chiens ; qu'il en nommoit un *Monsieur*, & l'autre *Mademoiselle*. Paul Jouve dit, que se repentant de sa magie à l'heure de sa mort ; il regarda un de ces chiens avec chagrin, & luy dit, reti- « re toy d'ici, méchante bête, qui « es la cause de mon malheur. *Abi,* « *perdita bestia, quæ me totum perdidisti*: qu'ensuite ce chien s'étant précipité dans la Saone, on ne le vit plus depuis. Tout cela sent la fable. L'attachement qu'il eut pour les Sciences cachées fit naître toutes ces accusations.

ARCESILAUS.

ARCESILAUS étoit de Pitane ville des Eoliens, fut diſciple d'Antolycus Mathematicien, de Xantus muſicien, & de Theophraſte. Il s'attacha à Crantor dans l'Academie, & fut auteur de celle qui étoit la moyenne. Il vivoit vers la 120. Olympiade.

Il étoit ſubtil, fort dans ſes raiſonnemens, bon orateur, bienfaiſant, liberal, bon ami, & ne pût jamais s'accoûtumer à la Cour. Son grand foible fut l'amour, il avouoit ſans façon qu'il avoit des maîtreſſes.

Battus ayant offenſé Cleante dans une Comedie, Arceſilaus luy défendit l'entrée de ſon Ecole,

& ne voulut point l'y recevoir, qu'il n'eût fait satisfaction à Cleante.

Ayant prié à souper quelques-uns de ses amis, & aprés que les viandes eurent été servies, ne s'étant point trouvé de pain , il ne s'emporta point de colére contre ses serviteurs , il dit seulement avec tranquillité à ceux qu'il avoit „ priez ; avoüez qu'il faut être „ Sage pour bien dresser un banquet. On dit qu'il aimoit beaucoup les raisins.

Il lisoit tous les jours quelque chose d'Homere , avant que de dormir, disant, qu'il alloit trouver son amoureux. Quand il faisoit du bien à quelqu'un , il ne vouloit point de témoins, & se cachoit autant qu'il luy étoit possible. Etant allé voir Ctesibius qu'une maladie retenoit au lit , & que la pauvreté rendoit fort miserable, il mit secrettement derriére fon chevet un fac plein d'argent.

Les Stoïciens foûtenant que la mixtion des fubftances fe faifoit avec tant d'étenduë, qu'une goutte de vin épanchée dans un lac, fe pouvoit tellement méler, qu'il n'y auroit pas une goutte d'eau, qui ne participât à cette mixtion; nôtre Philofophe s'en moqua, » difant, fi les mixtions fe font de » tout en tout, qui empéche qu'- » une cuiffe étant coupée, pour- » rie & jettée dans la mer, & par » fucceffion de têms toute fon- » duë, une armée navalle com- » me celle de Xerxes, & encore » une beaucoup plus grande, ne » donne une bataille dans cette » cuiffe?

Carneade le voyant un jour beaucoup fouffrir de la goutte, & la compaffion l'excitant à s'en » aller, il luy dit en montrant » fa poitrine; demeure, mon carneade

neade , car la douleur de mes «
pieds n'eſt pas encore venuë «
juſques-icy. «

Selon luy toutes choſes ſont
incomprehenſibles.

Il mourut âgé de 75. ans, pour
avoir trop bû de vin pur.

C

riére son chevet un sac plein d'argent.

Les Stoïciens soûtenant que la
mixtion des substances se faisoit
avec tant d'étenduë, qu'une goutte de vin épanchée dans un lac,
se pouvoit tellement méler, qu'il
n'y auroit pas une goutte d'eau,
qui ne participât à cette mixtion;
nôtre Philosophe s'en moqua,
» disant, si les mixtions se font de
» tout en tout, qui empéche qu'-
» une cuisse étant coupée, pour-
» rie & jettée dans la mer, & par
» succession de têms toute fon-
» duë, une armée navalle com-
» me celle de Xerxes, & encore
» une beaucoup plus grande, ne
» donne une bataille dans cette
» cuisse ?

Carneade le voyant un jour
beaucoup souffrir de la goutte,
& la compassion l'excitant à s'en
» aller, il luy dit en montrant
» sa poitrine ; demeure, mon carneade

neade, car la douleur de mes «
pieds n'eſt pas encore venuë «
juſques-icy. «

Selon luy toutes choſes ſont
incomprehenſibles.

Il mourut âgé de 75. ans, pour
avoir trop bû de vin pur.

C

DIALOGVE IV.

GASSENDI , EUXODUS ,

GASSENDI.

OH, vous vous trompez fort, fi vous pretendez avoir icy un rang de diſtinction pareil à celuy que le Bœuf Apis vousfit donner en Egypte en lechant le bord de voſtre manteau. On ne connoiſt point icy de ſuperſtitions , les déguifemens ne ſervent de rien dans ce païs. On voit les gens tels qu'ils ſont.

EUDOXUS.

Nous devons donc vous voir Epicurien tout de bon, au lieu que vous vous contentiez de paſſer dans l'autre monde pour un Epicurien mitigé, parce que vous n'oziez pas le paroître entierement.

GASSENDI.

J'étois ce que je paroiſſois, & rien de plus. J'ay pris le parti d'Epicure quand j'ay crû qu'il avoit raiſon; mais je l'ay rejetté lors qu'il avançoit des ſentimens contraires à l'équité, & au bon ſens.

EUDOXUS.

Vous admettiez donc la providence que ce Philoſophe ne reconnoiſſoit pas. Du moins si vous ne l'admettiez pas alors, je croy que vous n'en doutez pas à present.

GASSENDI.

J'en étois aussi assuré dans l'autre monde, que je le suis dans celuy-cy.

EUDOXUS.

Quand vous vous trouvez icy avec Epicure, comment vous accommodez-vous donc en-semble?

GASSENDI.

Nous nous accommodons fort bien.

EUDOXUS.

Mais il me semble que la diversité de vos opinions sur cette providence devroit met-tre quelque division entre-vous.

GASSENDI.

Cette diverſité ne ſe trouve plus dans nos ſentimens, il penſe à preſent la même choſe que moy ; parce qu'il ne peut pas penſer autrement.

EUDOXUS.

Vous amuſez-vous encore d'Atomes ?

GASSENDI.

Les êtres me paroiſſent icy à preſent ſi differens de ce qu'ils me paroiſſoient dans les lieux où j'ay fait le Philoſophe, que je ne ſçay plus quel parti prendre.

EUDOXUS.

Je ſuis comme vous ; à peine ſuis-je ferme dans mes demonſtrations mathématiques.

K iij

Ah! qu'il y a de difference entre ce monde - cy & l'autre !
que je loüe ceux qui ne s'en-
teſtent d'aucune opinion ſur
les ſciences humaines; mais qui
attendent qu'ils ſoient venus
icy pour prendre party ! Notre Pyrrhon n'a pas tout le
tort , quand il ſe moque de
nos dogmes.

DE GASSENDI.

PIERRE Gaſſendi nâquit en 1592. à Chanterſier bourg de Provence, de parens pauvres. Il fut Chanoine de l'Egliſe Cathedralle de Digne, & Profeſſeur Royal des Mathématiques à Paris. Il paſſoit pour être parfaitement honnête homme ; ſon entretien étoit doux, ſa piété ſolide , & ſa ſcience tres-modeſte. Dans ſon enfance il donna de grands préſages de l'habileté qu'il acquiſt dans la ſuite. A l'âge de ſept ans il décida la queſtion qui s'étoit émuë entre les enfans de ſon village ; ſçavoir ſi c'étoit la lune ou les nuées qui marchoient ; car, comme il ſoûtenoit que ce n'étoit pas la lune, il s'aviſa de la leur faire regarder

C iiij

à travers des branches d'un arbre,
& de leur faire remarquer comme elle étoit toûjours sur la même feüille. Le Pére Rapin dit,
qu'il est le restaurateur de la Philosophie de Democrite & d'Epicure ; qu'il parle peu de son chef,
qu'il n'a presque de luy que la
beauté de son style , que c'est un
Epicurien mitigé par principe de
conscience ; car il avoüe la crea-
tion des Atomes qu'Epicure nie ;
il veut que Dieu leur donne le
mouvement, l'extension & la figure qu'ils ont d'eux-mêmes ; il ad-
met la providence que ce Philosophe ne reconnoissoit pas ; enfin
il fait d'Epicure un homme de
bien, parce qu'il l'est luy-même.
Il mourut à Paris en 1655. âgé de
64. ans. Sa sepulture est à saint
Nicolas Deschamps.

D'EUXODUS.

EUDOXUS étoit d'une des Isles Cyclades, nommée Cnidos, & avoit la reputation d'être habile Astrologue, Géometre, Medecin & Legislateur. Il vivoit vers la 103. Olympiade. Ce fut luy qui, à ce qu'on dit, trouva le premier l'art de tirer des lignes courbes de toutes maniéres. Demeurant en Egypte, & le Bœuf Apis Dieu des Egyptiens luy ayant léché le bord de son manteau, les Prestres dirent qu'il seroit celebre parmi les hommes, mais qu'il ne vivroit pas long-têms. Il mourut âgé de 53. ans.

Il souhaitoit avec beaucoup d'empressement pouvoir regarder

C v

le Soleil, comprendre fa forme, fa grandeur, fa beauté, & enfuite en être bruflé.

Il dit que les Preftres d'Egypte tiennent que le vin eft le fang de ceux qui firent autresfois la guerre aux Dieux;lequel étant mélé avec la terre produifit la vigne ; c'eft-pourquoy ceux qui s'enyvrent perdent l'entendement , comme autrefois leurs predeceffeurs.

DIALOGUE V.

ALCMEON, PYTHAGORE,

ALCMEON.

VOUS n'avez pas tant de sujet que vous le pensez, de me railler de ce que j'attribuois particuliérement à la Lune le gouvernement des choses d'ici bas ; leur inconstance & son changement perpetuel montrent qu'il y a une grande sympatie entre elles & cette planete.

PYTHAGORE.

Ces changemens & ces re-

C vj

volutions vous font donc d'un grand fecours pour donner une explication raifonnable de vôtre opinion ?

ALCMEON.

Ne parlez point de chan-gemens & de revolutions pour y chercher matiére de me railler, vous n'y trouveriez pas vôtre compte avec vôtre metempficofe, qui faifoit fi fouvent & fi bizarement chan-ger de place aux ames des hommes.

PYTHAGORE.

Vous pouvez avec ma me-tempficofe plus aifément, que fans elle, juftifier vôtre opi-nion.

ALCMEON.

Voyons comme vous l'en-
tendez.

PYTHAGORE.

Vous n'avez qu'à soûtenir
que vôtre ame a animé autrefois un des habitans de la Lune, & que c'est ce qui fait que
vous connoissiez bien mieux
les proprietez de cette planete
que ceux qui ne la voient que
de tres-loin.

ALCMEON.

Quelque éloigné qu'on soit
icy des corps celestes, on ne
laisse pas de les connoître tres-
facilement par quelques proprietez qui leur sont particu-
liéres, & qui se font sentir
aux êtres sublunaires: je vous

en prens à témoin, vous, qui entendiez si distinctement leur musique.

PYTHAGORE.

Vous raillez donc aussi à vostre tour mon opinion sur la symphonie celeste.

ALCMEON.

Il faut assurement que vous y trouviez quelque chose qui merite la raillerie, puis que vous n'hesitez point à croire qu'on vous raille lors qu'on vous en parle.

PYTHAGORE.

Croyez-moy, parlons d'autre chose, plûtôt que de nos anciennes opinions.

ALCMEON.

Je voudrois pourtant bien

dire un petit mot de vos feves,
de vos poiſſons, de vôtre cuiſſe d'or, de vos nombres, &
de vôtre demeure ſoûterraine.

PYTHAGORE.

Parlons plûtôt de mon ſi-
lence ; je l'ay aimé autrefois,
je l'aime encore, & quand il
s'agit à preſent de rapeller
mes anciens ſentimens, je
l'aime plus que jamais.

ALCMEON.

C'eſt-à-dire, que vous, auſſi
bien que la plus part des gens
de nôtre profeſſion, trouvez
tant d'erreurs & d'égaremens
dans ce que vous penſiez en
l'autre monde, que vous ſou-
haittez qu'on l'enſeveliſſe dans
un éternel oubli.

D'ALCMEON.

ALCMEON étoit de Cro-
tone. Il vivoit vers la 69.
Olympiade. L'étude de la Medecine fut une de ses plus fortes
applications. Aussi se rendit-il
tres habile dans cette science.

Selon luy l'administration de
toute la nature universelle dépend
proprement de la Lune.

DE PYTHAGORE.

PYTHAGORE fils d'un gra-
veur d'anneaux étoit de Sa-
mos, & vivoit vers la 50. Olympiade.

Saint Ambroise croit qu'il étoit
Juif de nation, & Clement A-
lexandrin dit, qu'il s'étoit fait cir-
concire par les Prestres d'Egypte
pour être instruit en leur Philosophie qu'ils tenoient des Juifs;
c'est à propos de cette circonci-
sion qu'il rapporte l'opinion de
ceux qui l'ont pris pour le prophete Ezechiel.

Ce fut luy qui le premier refusa le
nom de Sage, & ne voulut être
appellé que *Philosophe*; c'est-à-dire,
ami de la sagesse. Quoy qu'il ne fut
pas d'Italie on n'a pas laissé d'ap-

peller, *Italique*, la secte dont il a
été fondateur, parce qu'elle com-
mença en Italie où il s'étoit retiré,
à cause que ne pouvant supporter
la tirannique domination de Po-
licrates, il fut obligé de quitter
son païs

Hermippe dit, qu'aussi-tôt que
Pythagore fut arrivé en Italie, il
se logea dans une maison souter-
raine, où il se cacha pendant que
sa mere luy faisoit sçavoir secrettement les circonstances de tout
ce qui se passoit de considerable
dans le monde, & qu'aprés avoir
resté ainsi sous terre une année
entiére, il en sortit tout crasseux,
maigre, pasle, se presenta au
peuple en cet extraordinaire équi-
page, assûra qu'il venoit des enfers, & pour le prouver raconta
tout ce qui s'étoit passé avec une
exactitude si bien circonstantiée,
qu'il se rendit recommandable
dans l'esprit de tout ceux qui l'é-
couterent.

On l'appella Pythagore à cause que les réponses qu'il donnoit passoient pour n'être pas moins certaines que celles d'Apollon Pythien ; ses disciples luy ajoûtoient tant de foy, qu'ils pretendoient décider de tout avec leur *Magister dix t*, nòtre Maître l'a dit.

L'opinion la plus remarquable de toute sa Philosophie étoit celle qui admettoit la metempsycose ou transmigration des ames. Pour établir cette opinion avec plus de facilité, il disoit, que dans sa premiere naissance il avoit été Ethalide fils de Mercure, que son pere permit ensuite à son ame de passer dans d'autres corps, & que ce fut luy qu'on appella Euphorbe, Hermotime, Pyrrus le Pescheur, & enfin Pythagore. Selon sa metemsycose une ame passant d'un corps dans un autre, se ressouvenoit de ce qu'elle avoit fait dans le corps qu'elle venoit de quitter.

Ses difciples étoient fi perfuadez de
cette tranfmigration, qu'ils fe fuffent plûtôt paffez d'alimens que de
tuer les animaux pour en manger;
dans la crainte où ils étoient qu'il
n'y eût l'ame de quelque homme
dans le corps de ces animaux ; &
c'eft pour la même raifon que Pythagore ne pouvoit maltraitter
aucune befte. On dit qu'il prioit
ordinairement les Oifeleurs de
laiffer aller les oifeaux qu'ils a-
voient pris. Ce fût peut être pour
la même raifon qu'il acheta un
trait de filet de quelques pêcheurs,
& donna la liberté aux poiffons
qui s'y trouverent, en les faifant
jetter dans l'eau ; il y en a qui
pretendeut que c'étoit par une
particuliere inclination qu'il avoit
pour les poiffons , à caufe de leur
filence ; car un des principaux
points de fa Philofophie Morale
confiftoit à exiger un exacte filence de ceux qui étudioient fous luy:

Cela eſt ſi vray, qu'il voûloit que ſes diſciples gardaſſent au commencement le ſilence dans ſon échole pendant cinq années, & quand ils parloient aprés cette épreuve, il leur diſoit, *ou taiſez-vous, ou dites quelque choſe qui ſoit meilleure que le ſilence.* Il y avoit entre les Pythagoriciens une autre loy d'un ſilence perpetuel : c'étoit une défenſe de rien communiquer de leurs dogmes à ceux qui n'étoient pas de leur ſecte : auſſi vivoient ils comme ſeparez des autres hommes ; ce qui les expoſa à l'envie & à la haine publique, & quelque fois à de grands dangers. Juſtin dit que 300. d'entr'eux étant aſſemblés dans une maiſon, on y vint mettre le feu, comme s'ils euſſent entrepris quelque conjuration contre la ville ; il y en perit 60. & les autres qui reſterent vivans furent bannis.

De tèms en têms ces Philoſo-

phes dreſſoient des feſtins avec
beaucoup de magnificence & de
délicateſſe; s'étant mis à table, ils
excitoient leur appetit en regardant tous les mets qui leur avoient
été ſervis, puis ſe levoient ſans en
goûter aucune choſe.

Quand ils étoient en querelle
entr'eux, ils ſe raccommodoient
avant que le Soleil fût couché,
s'entr-embraſſant & ſe touchant
en la main l'un de l'autre.

Pythagore adjoûtoit à ſes avan-
tures (ſelon ſa metempſicoſe) qu'il
reviendroit aprés deux cens & ſix
ans encore des enfers ſur la terre
parmi les hommes : Je dis (encore) parce que ſelon luy, il avoit
déja fait pluſieurs fois ce voyage,
de ſorte qu'il aſſuroit avoir vû dans
le Tartare l'ame d'Heſiode qui
grinçoit des dents, attachée à une
colonne d'airain , & celle d'Homere penduë à un arbre & envi-
ronnée de ſerpens , à cauſe des

fictions fabuleuses qu'ils avoient inventées des Dieux.

Pythagore étoit fort bel homme, on pretend qu'il parut aux jeux Olympiques avec une cuisse d'or. Plutarque dit, que ce fut un stratagéme dont il se servit afin de passer pour un Demy-dieu ; les Alchymistes, qui font argent de tout, ont pris cette cuisse pour un Hierogliphe de leur pierre philosophale ; selon Origene cette cuisse ne parut être que d'ivoire à cause de sa blancheur.

Nôtre Philosophe fut un homme d'une si grande penetration & d'une application si infatigable, qu'il se rendit d'une capacité profonde dans toutes les sciences.

Il inventa de nouvelles Regles d'arithmetique. Ses Disciples ne s'expliquoient presque que par les nombres qu'ils tenoient pour principes de toutes choses ; c'est ce

qui a rendu leur Philofophie fort
obfcure : leur ferment fe faifoit par
le nombre, dix, c'eft-à-dire par le
parfait triangle. Ils difoient que
le nombre, quatre, conftituoit le
nombre dix, c'eft-à-dire ce triangle parfait, parce que les nombres 1. 2. 3. 4. adjoutez enfemble
font le nombre dix, & étant difpofez les uns fous les autres, comme icy font un triangle équilate-
ral.

La connoiffance étenduë qu'il
avoit des caufes naturelles & les
chofes extraordinaires qu'il faifoit
avec des herbes, dont il connoif-
foit les proprietez, l'ont fait paffer pour Magicien dans l'efprit de
ceux qui ne pouvoient comprendre les caufes de tant de furpre-
nans

nans effets de son sçavoir ; & ils
étoient si prevenus de ce soupçon
contre ce grand homme ; qu'il y
en avoit qui assuroient qu'il faisoit lire par l'art magique sur la
surface de la Lune ce qu'il écrivoit sur un miroir convexe ; qu'il
arrêtoit les aigles au milieu de leur
vol le plus vite & le plus rapide,
qu'il entendoit le langage des oy-
seaux, qu'il commandoit aux annimaux les plus feroces, avec une
authorité si absoluë qu'ils luy
obeïssoient sur le champ sans aucune resistance, & qu'enfin il se
faisoit voir au même instant en
des lieux tres-éloignez les unes des
autres. Il n'a pas eté difficile aux
Sçavans, comme à M. Naudé, &
à M. de la Motte le Vayer, de le
justifier de ces accusations également injustes & ridicules.

C'est luy qui a trouvé le beau
Theoreme, qui fait la 47. proposition du premier livre d'Eucli-

D

qui a rendu leur Philosophie fort
obscure : leur serment se faisoit par
le nombre, dix, c'est-à-dire par le
parfait triangle. Ils disoient que
le nombre, quatre, constituoit le
nombre dix, c'est-à-dire ce triangle parfait, parce que les nombres 1. 2. 3. 4. adjoutez ensemble
font le nombre dix, & étant dis-
posez les uns sous les autres, comme icy font un triangle équilate-
ral.

La connoissance étenduë qu'il
avoit des causes naturelles & les
choses extraordinaires qu'il faisoit
avec des herbes, dont il connoissoit les proprietés, l'ont fait passer pour Magicien dans l'esprit de
ceux qui ne pouvoient comprendre les causes de tant de surpre-
nans

nans effets de fon fçavoir ; & ils étoient fi prevenus de ce foupçon contre ce grand homme ; qu'il y en avoit qui affuroient qu'il faifoit lire par l'art magique fur la furface de la Lune ce qu'il écrivoit fur un miroir convexe ; qu'il arrêtoit les aigles au milieu de leur vol le plus vîte & le plus rapide, qu'il entendoit le langage des oyfeaux, qu'il commandoit aux annimaux les plus feroces, avec une authorité fi abfoluë qu'ils luy obeïffoient fur le champ fans aucune refiftance, & qu'enfin il fe faifoit voir au même inftant en des lieux tres-éloignez les unes des autres. Il n'a pas été difficile aux Sçavans, comme à M. Naudé, & à M. de la Motte le Vayer, de le juftifier de ces accufations également injuftes & ridicules.

C'eft luy qui a trouvé le beau Theoreme, qui fait la 47. propopofition du premier livre d'Eucli-

D

de, par lequel on montre qu'au triangle rectangle, le quarré du côté qui soûtient l'angle droit, c'est-à-dire de l'Hypotenuse, est égal aux quarrez des deux autres côtez. On dit qu'il fut si content d'avoir trouvé ce Theoreme, que, pour en remercier les Muses, il leur fit un sacrifice de cent bœufs.

Il inventa, selon l'opinion de quelques-uns, les tons de musique par le moyen de l'accord & de la proportion qu'il remarquoit, lors que cinq où six forgerons battoient sur leur enclume. Selon luy toute la nature & Dieu même n'étoit qu'une harmonie ; il assûroit que les Cieux rendoient des sons tres melodieux par leur mouvement, & qu'il les entendoit lors qu'il y faisoit attention, la musique lui étoit d'un grand secours dans la Morale ; il remit dans son bon sens, avec un air fait

exprés, un jeune homme qu'u-
ne paſſion amoureuſe jettoit dans
le deſeſpoir; il avoit inventé d'autres airs pour guerir toutes ſortes de paſſions, & ſouvent il
s'en ſervoit avec un heureux ſuc-
cez.

Ariſtoxenus a écrit que les
Grecs tenoient de luy leurs poids
& leurs meſures.

Ce fût luy qui s'apperçut le
premier, que Veſper & Phoſpho-
re ou Lucifer n'étoit qu'une même étoile, & qui démontra auſſi
le premier l'Obliquité du Zodia-
que, ſi nous en croyons Pline &
Diogene Laërce. Ce dernier aſ-
ſure encore que la Medecine luy
doit beaucoup de connoiſſances
qu'on n'avoit pas euës juſques a-
lors.

On ne doit pas auſſi douter de
ſon habileté dans la politique,
puis qu'il eût part au gouvernement des villes de Crotone, De-

D ij

Metapont & de Tarante où il de-
meuroit ordinairement.

On remarque encore qu'il foû-
tient qu'il y avoit des Antipodes.

La défenfe qu'il fît à fes Difciples de manger des féves, a été
interpretée en plufieurs manieres:
voicy ce que l'on a pensé de cette
défenfe. On dit, 1º, Que c'étoit
parce que les féves reprefentent
ce qui fert à la generation de
l'homme. 2º, Parce que felon nôtre Philofophe, la féve étant née
en même têms que l'homme &
formée de la même corruption, il
la mettoit au rang de la chair humaine ; c'eft pourquoy Horace a
appellé plaifamment la féve, la
Parente de Pythagore, & c'eft
pourquoy encore Lucien fait dire
par Pythagore, qu'elle fe conver-
tit en fang, quand aprés avoir boüil-
ly, on l'a expofée à la Lune pendant quelques nuits. 3º, A caufe
que l'on s'en fervoit à Athenes

pour l'élection des Magistrats,
voulant apprendre par cette défenfe qu'il ne faut pas ambition-
ner les Magistratures. 4°, Par
ce que les féves font pleines de
vents & peuvent nuire à la fanté.
5o, Parce que pendant le fommeil
elles rempliffent l'imagination de
plufieurs illufions fâcheufes. 6°, A
caufe qu'elles ont une petite tache
noire qui reprefente la porte d'enfer. 7°, Parce qu'elles nuifent à la
generation, en corrompant la fe-
mence & la rendant fterile.

Il predit, auffi bien que fon
maître Pherecydes, en beuvant
de l'eau d'un puits, un tremblement de terre qui arriva felon fa
prediction.

Porphyre dit qu'on ne l'a jamais vû rire ni pleurer, & qu'il
danfoit quelquefois.

Sa gravité donnoit un tel poids
à fes remontrances, qu'en ayant
fait avec feverité à un jeune hom-

me de fa connoiffance en prefence de plufieurs perfonnes , celuy-
cy fût fi touché & fi honteux, qu'il
fe pendit de defefpoir.

Voicy fes principales fentences
énigmatiques avec leur explication : *Ne portez pas un anneau
étroit* ; c'eft-à-dire, ne vous mettez
jamais dans l'efclavage ; mais gar-
dez vôtre liberté autant que vous
pourrez.

*Ne fortez point d'un carroffe les
pieds joints*, à caufe que cette po-
fture expofe à une defcente preci-
pitée, & qui s'execute tout d'un
coup ; il voulut apprendre par cet
avis à ceux qui changent de refolu-
tion & qui quittent un deffein ou
un employ pour en prendre un
autre, qu'ils doivent faire ce changement petit à petit, & comme in-
fenfiblement, afin d'éviter par cette prudente circonfpection tout ce
qui pourroit nuire par la furprife.

Ne mangez pas vôtre cœur ; c'eft-à-dire, ne vous laiſſés pas ronger par les chagrins & par les inquié-tudes.

Ne vous aſſeyez jamais ſur le boiſſeau. Il vouloit apprendre par cet avis à ſes Diſciples à garder toûjours quelque choſe pour le lendemain : car on ne s'aſſied ſur le boiſſeau, qu'après l'avoir renverſé & l'on ne le renverſe, qu'aprés qu'il eſt vuide.

N'aidez point à vos amis à dé-charger un fardeau, mais plûtôt ai-dez-leur à le charger & à le mettre ſur leurs épaules. C'eſt-à-dire, n'en-tretenez point leur pareſſe & leur oyſiveté.

Ne mettez jamais la cuiſſe gau-che ſur la droite. Il vouloit avertir par ce ſymbole d'être toûjours preſts à travailler, en conſeillant de ne point embaraſſer une par-tie droite du corps ; parce que les parties du côté droit ſont cel-les dont on ſe ſert le plus ordinairement pour le travail.

Touchez la terre quand il tonne.
Pour nous avertir de nous humilier devant le Ciel lors qu'il nous marque sa colere par les adversités dont il nous afflige.

Ne rompés pas le pain. Parce que selon luy le pain est le symbole des amis. Il vouloit marquer par ce conseil qu'on ne doit point rompre ce qui les tient dans l'union & dans la concorde. Diogene Laërce remarque, à propos de cet avis de Pythagore, que les Anciens, pour entretenir l'amitié qui étoit entr'eux, avoient accoûtumé de s'assembler de têms en têms pour renouveller leur union en mangeant d'un même pain.

Ne combattez jamais pour obtenir la victoire. Parce que l'on ne sçauroit éviter avec trop de soin l'envie qui la suit.

Ne cheminés pas dans les grands chemins ; c'est-à-dire, ne suivez pas les sottes opinions du vulgaire.

Ne portés jamais la figure des Dieux gravée sur des anneaux. C'é-toit pour avertir ses Disciples de ne point s'exposer à traitter les Dieux avec prophanation, ou bien pour leur deffendre de reveller ce qu'il leur avoit appris de la Na-ture divine.

Ne vous mettez jamais à table avant que le sel y ait été servi; c'est-à dire, faites provision de sagesse a-vant que de vous mettre à man-ger, parce que c'est dans le repas que l'on en a le plus de besoin.

Ne mangez jamais de la main gauche. On a crû qu'il vouloit par ce precepte, que l'on ne tirast ja-mais sa subsistance d'un gain ille-gitime, ni d'aucune action qui fût contre l'équité.

Ne souffrez point d'irondelle sur le toiét. Pour dire, défiez-vous de ceux qui ne vous font des caresses que dans vôtre prosperité.

D v

Ne foüillez point dans le feu avec l'épée. C'eſt-à-dire, ne faites point de remontrances trop ſeveres à un homme qui eſt dans le plus fort de ſa paſſion.

Regardez les Loix comme les Couronnes des Villes, auſquelles on ne peut toucher ſans crime.

Ne frappez pas dans la main de toutes ſortes de perſonnes indifferemment. C'eſt-à-dire, ne vous confiez pas à tout le monde.

Il diſoit ordinairement. 1°, Que toutes choſes doivent être communes entre les amis.

2°, Qu'un des plus utiles fruits qu'il avoit retiré de la Philoſophie, c'étoit de ne rien admirer.

3°, Qu'il ne faut pas être moins fidel à garder le dépoſt d'un ſecret, que celuy d'un treſor.

4.°, Que cette vie eſt ſemblable aux jeux publics, où les uns combattent pour la gloire, les autres y trafiquent, & ceux-cy en ſont les

spectateurs, c'est-à-dire, les Philosophes, qui s'appliquent à l'étude
de la Verité.

5°, Que personne ne doit prier
pour soy, parce que personne ne
sçait ce qui luy est necessaire.

6°, Que rien ne peut nous rendre si semblables à Dieu que d'être
veritables.

7°, Qu'il faut bannir la maladie
du corps, l'ignorance de l'esprit,
le vice de la volonté, le dérégle-
ment des passions, & la guerre ci-
ville de sa patrie.

8°, Que l'esprit qui prend trop
de soin de son corps, rend sa prison plus insupportable.

Selon luy, 1°, Le têms est la
Sphere du dernier ciel qui contient tout. 2o, Ce monde visible a
été fait des cinq figures des corps
solides ; du cube qui est le corps
quarré à six faces, a été faite la
terre ; de la pyramide le feu ; du
corps à huit faces, qui est l'Octa-

ëdre l'air ; de l'Icofaëdre qui eſt
le corps à vingt faces, l'eau ; & du
Dodecaëdre , qui eſt le corps à
douze faces la ſuprème Sphere
de l'univers. Platon a ſuivi cette
opinion. 3°. L'air eſt plein d'ames
pour envoyer aux hommes des
ſonges , & des ſignes des maladies.
4° , Le monde eſt au milieu du
vuide ; (mais ſi le vuide eſt infini,
où ſera le milieu?) 5° , La Lune eſt
une terre celeſte habitée. 6°. La
voye lactée eſt le chemin par où
le Soleil a paſſé autrefois. 7°, Les
Corps Celeſtes ont un ſon harmonieux. 8° , Les ames de toutes
ſortes d'animaux ſont raiſonnables.

S. Irenée & ſaint Auguſtin diſent, que les Gnoſtiques & une
certaine Marcelline avoient une
veneration particuliere pour l'i-
mage de ce Philoſophe. Juſtin dit,
que ceux de Metapont l'adorerent comme un Dieu.

On ne sçait point certainement
de quelle maniere il est mort ;
quelques-uns disent qu'étant pour-
suivi par ses ennemis, il s'arréta
au bord d'un champ semé de féves, & qu'il aima mieux se laisser
assassiner que de passer sur ce
champ pour s'échaper par la fuit-
te. D'autres disent qu'il perit de
faim & de miseres aprés 40 jours
de prison ; il y en a enfin qui assurent qu'un homme à qui il n'a-
voit pas voulu enseigner sa Philosophie le brûla avec ses Disciples
dans la maison où ils étoient.

ëdre l'air ; de l'Icofaëdre qui eſt le corps à vingt faces, l'eau ; & du Dodecaëdre, qui eſt le corps à douze faces la ſupréme Sphere de l'univers. Platon a ſuivi cette opinion. 3°. L'air eſt plein d'ames pour envoyer aux hommes des ſonges, & des ſignes des maladies. 4°. Le monde eſt au milieu du vuide ; (mais ſi le vuide eſt infini, où ſera le milieu?) 5°. La Lune eſt une terre celeſte habitée. 6°. La voye lactée eſt le chemin par où le Soleil a paſſé autrefois. 7°. Les Corps Celeſtes ont un ſon harmonieux. 8°. Les ames de toutes ſortes d'animaux ſont raiſonnables.

S. Irenée & ſaint Auguſtin diſent, que les Gnoſtiques & une certaine Marcelline avoient une veneration particuliere pour l'image de ce Philoſophe. Juſtin dit, que ceux de Metapont l'adorerent comme un Dieu.

On ne fçait point certainement
de quelle maniere il eft mort ;
quelques-uns difent qu'étant pourfuivi par fes ennemis, il s'arréta
au bord d'un champ femé de féves, & qu'il aima mieux fe laiffer
affaffiner que de paffer fur ce
champ pour s'échaper par la fuit-
te. D'autres difent qu'il perit de
faim & de miferes aprés 40 jours
de prifon ; il y en a enfin qui af-
furent qu'un homme à qui il n'a-
voit pas voulu enfeigner fa Philofophie le brûla avec fes Difciples
dans la maifon où ils étoient.

DIALOGVE VI.

CAMPANELLA, ANAXARQUE.

CAMPANELLA.

JE ne suis pas surpris de vous voir rire de si bon cœur; vôtre maître Democrite ne vous a peut-être pas appris autre chose.

ANAXARQUE.

Et pour moy, je ne suis pas surpris de ce que vous vous fâchez si facilement : un homme comme vous, qui donnoit du sentiment à tout ce qu'il y a de plus insensible, doit avoir luy-même un grand fonds de fensibilité.

CAMPANELLA.

Mais, dites-moy, je vous prie, pourquoy vous éclatez-vous de rire auffi-tôt que vous me voyez?

ANAXARQUE.

Je ris, au reffouvenir de ce qu'on m'a dit de vous.

CAMPANELLA.

Quoy donc?

ANAXARQUE.

Quelques gens qui vivoient de vôtre têms & qui vous ont vû dans une prifon pendant 25. ans pour de certaines erreurs dont on vous accufoit & qui étoient contraires à la Religion que vous profeffiez, ces gens, dis-je, m'ont affûré que vous pretendiez connoître la penfée d'une perfonne en vous mettant dans la même fituation qu'elle, & en difpofant vos organes, à peu prés de la même maniere que cette perfonne les avoit difpofez. Dittes-moy, de bonne foy, étiez-vous bien vous-même perfuadé de ce que vous pretendiez?

CAMPANELLA.

Vous, qui êtes Philofophe, ne fçavez-vous pas, qu'il n'eft pas neceffaire, pour prendre plaifir à mettre au jour des opinions extraordinaires, de les croire veritables ; mais qu'il fuffit de les voir regarder comme des efpeces de prodi-

ges, & de se faire regarder soy-
même par leur moyen?

ANAXARQUE.

Ridicule gloire que celle
qu'on acquiert sans prendre le
party de la raison , de la justice ou de la verité!

CAMPANELLA.

Il me semble pourtant, que
vous même , malgré vôtre
exclamation , n'avez pas
toûjours pris le party de la
justice & de la raison. J'ay
entendu parler de vôtre conduite envers Alexandre, d'une
certaine maniere qui ne nous
fait pas honneur.

ANAXARQUE.

Mais vous n'y pensez pas,
en me faisant ce reproche.

Sçavez-vous bien que ma conduite envers Alexandre fait un des plus beaux endroits de ma vie? Vous-a-ton dit que, quoy qu'il m'eût comblé de bienfaits, cependant la flaterie envers ce Prince n'eût pas affez de pouvoir fur moy pour m'engager à permettre qu'il fe laifsât appeller Dieu, & que pour le détourner de cette préfomption, je luy prouvay qu'il étoit veritablement homme, en luy faifant remarquer du fang qui fortoit d'une playe qu'il avoit reçuë dans un combat?

CAMPANELLA.

On m'a dit cette hiftoire; mais on m'a dit auffi que le

même Alexandre se desespe-
rant pour le meurtre qu'il
avoit commis en la personne
de Clitus, vous eûtes la bonté de luy dire, afin de le consoler, que tout ce que fait le
Prince est juste & équitable.
Il me paroît que cette maxime sent bien le courtisan flateur.

ANAXARQUE.

Ne devois-je pas par ma
reconnoissance, m'écarter un
peu de la sévérité de ma morale pour consoler ce pauvre
Prince qui etoit dans une af-
fliction inconcevable?

CAMPANELLA.

Hé, qui vous a dit qu'on
peut legitimement avancer des

principes faux & entierement
oppofez à la raifon , pour confoler les affligez? Je vous trouve
bien plaifant de me venir rire
au nez , pendant que j'ay tous
les fujets poffibles de me moquer de l'impertinence de vôtre morale !

ANAXARQUE.

Il ne faut pas prendre un petit excez de complaifance fur
un fait pour une morale uni-
verfelle. Les Sages qu'on nomme Philofophes ont leur foible comme les autres hom-
mes, ils ne manquent guere
à fe laiffer prendre par ce foible , quant ceux qui les atta-
quent fçavent bien le connoître & l'affieger.

CAMPANELLA.

Paſſez-moy donc mon foible pour les opinions extraordinaires, ſi vous voulez que je vous paſſe le vôtre pour la complaiſance.

ANAXARQUE.

Puiſque je diſois autrefois que je ne ſçavois rien, & que je n'étois pas même aſſûré s'il étoit vray que je ne ſçûſſe rien, il y a apparence que je n'ay point d'opiniatreté, & qu'ainſi je vous paſſeray tout ce qu'il vous plaira.

DE CAMPANELLA.

CAPANELLA étoit de Stilo petite ville de la Calabre, il prit l'habit âgé de treize ans dans l'Ordre de faint Dominique.

Il donnoit du fentiment aux chofes les plus infenfibles qui fuffent dans la nature.

On l'accufa d'herefie, c'eft pourquoy les Juges de l'Inquifition le tinrent en prifon pendant 25. ans. Le Pape Urbain VIII. obtint fa liberté. Il vint à Paris en 1634. Le Cardinal de Richelieu, qui avoit une eftime particuliere pour les fçavans, luy fit de grands biens.

On a dit qu'il avoit un grand efprit, mais peu de jugement & de folidité.

Il mourut à Paris en 1639. âgé

de 71. an , après une grande me-
lancolie, & un dégoût extraordinaire. Il y en a qui ont crû qu'il
mourut de l'antimoine, qu'on luy
avoit donné pour le guérir.

D'ANAXARQUE.

ANAXARQUE étoit d'Ab-
dere, vivoit vers la III. O-
lympiade , & selon quelques-uns
fût Disciple de Démocrite.

Alexandre le Grand eût beaucoup d'estime & d'amitié pour luy,
ce qu'il témoigna un jour en luy
disant de demander ce qu'il voudroit. Anaxarque luy demanda
cent talens ; ce Prince les luy donnant, luy dit qu'il connoissoit par
sa franchise & par sa sincerité
qu'il étoit veritablement de ses
amis, puis qu'il luy avoit fait naître
une occasion de faire un present

digne de sa puissance & de sa grandeur.

Voicy de quelle maniere il mourut. Etant un jour à la table d'A-
lexandre; & ce Prince luy demandant ce qu'il disoit du repas; il
répondit qu'il étoit tres-bien or-
donné, & qu'il n'y auroit plus rien
à y souhaitter, si l'on y avoit servi
la teste d'un certain grand Seigneur. (Ce qu'il dit en regardant
Nicocreon Tyran de Cypre & son
ennemi.) Aprés la mort d'Alexandre, Nicocreon le fit prendre & piler cruellement dans un
mortier avec des marteaux de fer;
ce Philosophe ne laissa pas parmi
ces cruels tourmens de se moquer
toûjours du Tyran, & entendant
qu'il le menaçoit de luy couper
» la langue; Je t'en empêcheray
» bien, effeminé jeune homme,
luy dit Anaxarque, & l'ayant coupée luy-même avec ses dents, il
la tourna quelque temps dans sa
bouche,

bouche, & la jetta au visage de
Nicocreon , & en suite expira
dans ce mortier parmi les douleurs les plus sensibles.

E

DIALOGUE VII.

HERACLIDE, ARISTIPPE.

HERACLIDE.

DENIS avoit fujet de vous refufer l'argent que vous demandiez, & de vous faire reffouvenir, pour raifon de fon refus, que vous aviez dit, que le Sage n'a befoin de rien.

ARISTIPPE.

Mais n'ûs-je pas raifon auffi moy, de luy dire de m'en donner, & que nous verrions en fuite, s'il étoit vray,

que le Sage n'a besoin de rien;
puis de lui ajoûter , aprés que
j'eûs reçu ce que je lui de-
mandois , qu'il est vray que
les Sages n'ont pas besoin
d'argent, quand ils en ont autant qu'il leur en est necessaire ?

HERACLIDE.

Vôtre réponse étoit spiri-
tuelle ; mais je trouve qu'elle
démentoit vos principes ; car
ils ne paroissoient pas conte-
nir l'exception que vous en
donniez. Je remarque qu'il arrive fort souvent que ces gens
qui outrent la severité de leur
morale, se trouvent embaras-
sez pour répondre aux objections qu'on leur fait contre

E ij

ux-mêmes , & qui font tirées
de leurs propres principes. Ils
n'ont pour toute réponfe qu'un
méchant *diftinguo*, qui ne leur
fait point du tout d'honneur ,
ou font obligezdefe retrancher
fur un : *Faites ce que je dis &*
non pas ce que je fais , qui les
rend encore plus méprifables,
& qui détruit l'autorité & le
credit qu'ils voudroient donner à leurs fentimens. Il me
femble que vous avez affez
befoin de ce retranchement &
de ce *diftinguo* pour les vôtres, &fil eft vray, comme on
dit , que vôtre vie n'étoit pas
des plus reglées.

ARISTIPPE.
Voulez-vous dire que j'ai-

mois la bonne chere?

HERACLIDE.

Je me donneray bien de garde de vous parler sur cette matiere : car je suis asseuré que vous ne manqueriez pas, pour vous vanger, de me railler sur mon gros ventre.

ARISTIPPE.

Il est vray que vôtre en-bonpoint ne nous persuadera jamais que vous ayez haï les bonnes tables.

HERACLIDE.

Oh, je vous en prie, ne parlons point pour railler ; je ne trouve rien de si indigne de la gravité d'un Philosophe, que de plaisanter aux dépens des autres.

E iij

ARISTIPPE.

Vous ne raillez donc jamais?

HERACLIDE.

Non.

ARISTIPPE.

N'est-ce point que vous craignez qu'on ne vous parle de
ce stratagéme inutile dont
vous vous servîtes pour faire
croire que vous aviez été mis
au nombre des Dieux? Apparemment vous, qui parlez si-
bien contre ceux qui ne soûtiennent pas par leurs actions
la sagesse de leurs discours,
n'aviez jamais rien dit contre
la folle ambition; car ce serpent dont il est parlé dans l'histoire de vôtre vie, marque
que vous en étiez un peu enté-

té, & qu'ainſi vous vous fuſ-
ſiez fait vôtre procez à vous-
même, ſi vous euſliez invecti-
vé contre les ridicules ambi-
tieux.

HERACLIDE.

Que vous montrez d'eſprit
dans vos calomnies ! Ce n'eſt
pas ſans raiſon qu'on vous appelloit chien royal ; car vous
abboyez noblement.

ARISTIPPE.

Ce nom eſt plus glorieux
que vous ne penſez.

HERACLIDE.

Oh je le croy ; car vous
faites gloire & profit de tout.
Si un Prince crache ſur vous,
vous regardez cette ordure
comme une pluye qui appor-

te la fertilité & l'abondance dans vôtre maison, par l'esperance que vous avez de tirer de l'argent du cracheur. Si on vous fait mettre le dernier à table pour vous punir de vôtre hardiesse , vous pretendez que l'on agit de la sorte pour rendre cette place plus honorable que les autres. Si Platon refuse une robe magnifique dans ia crainte qu'il a de se corrompre , vous la prenez cette robe avec empressement, prétendant que vôtre sagesse est incorruptible. si...

ARISTIPPE.

Voulez-vous rapporter icy tout ce que j'ay dit & fait pendant ma vie ? Si vous avez ce deſſein , je vais moy-même vous apprendre juſqu'à mes plus ſecretes penſées , & juſqu'à mes actions les plus inconnuës.... mais pardonnez-moy , Heraclide , ſi je vous parle de la ſorte , je ne faiſois pas reflexion que rien n'eſt inconnu à un Dieu.

HERACLIDE.

Adieu ; car je vous vois d'humeur , à paſſer de la raillerie , aux actions injurieuſes , & à me cracher au nez , comme vous faiſiez autrefois à ceux qui ne vous plaiſoient pas.

E v

D'HERACLIDE.

HERACLIDE, surnom-
mé le Pontique étoit d'He-
raclée dans le Pont. Il vivoit vers
la CXI. Olympiade , & étudia
sous Aristote.

Il avoit tant d'enbonpoint, que
les Atheniens l'appelloient par
raillerie *Pompique* ; c'est-à-dire,
le gros, ou le ventru.

Son ambition fut si ridicule &
si outrée , qu'il avoit prié un de
ses amis de mettre un serpent dans
son lit, quand il seroit mort , afin
qu'on crût qu'il avoit été trans-
porté au ciel pour être mis au
nombre des Dieux. Ce serpent fut
reconnu , & on se mocqua du
Philosophe.

Il a derobé d'Hesiode & d'Ho-

mere ce qu'il y a de menteur dans
ses ouvrages ; il dit que chacun
des astres est un monde contenant
une terre , un air , & un ciel en
une nature éthérée infinie.

D'ARISTIPPE.

ARISTIPPE étoit de Cyre-
nes ville de la Cyrenaïque
dans la Lybie , vivoit en la 96.
Olympiade, alla étudier à Athenes sous Socrate , & fut Chef de la
secte des Cyreniens.

Son esprit étoit brillant ; il avoit
la repartie fort prompte , & se
conformoit volontiers à l'humeur
de tout le monde ; c'est pourquoi
on disoit de lui qu'il étoit égal
sous la pourpre, & sous les hail-
lons. Diogene l'appelloit Chien
royal , à cause de son humeur
souple & accommodante avec

E vj

celle des Grands.

La volupté dans laquelle il faifoit confifter le fouverain bien , é-
toit toute corporelle.

Quelqu'un fe mocquant de la
patience qu'il faifoit voir aprés
que Denis eût craché fur lui, il dit
que les pécheurs fouffrent volontiers, pour prendre un poiffon,
que la mer les moüille. Ayant rencontré Diogene qui lavoit des
» choux, celui-ci lui dit, Si tu fça-
» vois vivre de choux, tu ne cher-
» cherois pas les Grands ; & toi,
» repliqua Ariftippe, Si tu fçavois
» vivre avec les Grands, tu ne la-
» verois pas les choux.

Un Avocat qui plaidoit pour lui,
ayant gagné fa caufe, & lui difant
» comme par reproche : A quoi
» t'a fervi Socrate ? à faire, dit-il,
» que ce que tu as dit de moi , fût
» veritable.

Un fanfaron l'ayant emporté fur
lui dans la difpute , il dit que le

vaincu reposeroit mieux la nuit
que le vainqueur.

Denis lui demandant pourquoi
les Philosophes alloient chez les
riches, & non pas les riches chez
les Philosophes ? C'est, répon-
doit-il, parce que ceux-là sçavent leur besoin, & que ceux-ci
ne le sçavent pas. Le même Denis
l'ayant fait mettre le dernier à table, pour le punir d'un discours trop
hardi : C'est apparemment, lui dit
Aristippe en s'y mettant, que tu
veux rendre cette place plus honorable que les autres. Il disoit encore à ce Prince : Quand j'avois «
faute de sagesse, j'allois trouver «
Socrate, à présent que j'ai faute «
d'argent, je te suis venu trouver. «

Platon ayant refusé de Denis
une robe, parce que, disoit-il, il
ne vouloit pas se corrompre ; Aristippe la reçut, disant que le Sage
ne se laisse pas corrompre par une
robe.

Il se jetta un jour aux pieds de Denis pour obtenir une grace qu'il lui demandoit en faveur d'un de ses amis, & comme il vit que ceux qui étoient presens, s'étonnoient de le voir dans cette posture humiliée & rempante, il leur » dit : Ne soyez point surpris, » c'est que Denis n'a des oreilles » qu'aux pieds.

Ayant été jetté par la tempête sur une côte deserte, & voyant des figures de mathematique sur le sable, courage, dit-il, » je vois des marques d'hommes.

Il disoit 1°. que le profit que l'on tire de l'étude de la Philosophie, c'est de parler à un chacun avec fermeté, & assûrance.

2°. Qu'il ne croyoit pas faire mal en portant des habits riches, & somptueux, puisqu'on en porte de pareils aux fêtes, & aux solemnitez des Dieux.

3°. Que ce qui rend les Philosophes plus estimables, c'est qu'ils peuvent vivre en gens de bien, quand même il n'y auroit plus de loix.

4°. Qu'il est plus dangereux de rencontrer un ignorant qu'un mendiant, parce que celui-ci a faute d'argent, mais l'autre a faute d'humanité.

5°. Que de même que ceux qui mangent beaucoup ne sont pas ceux qui se portent le mieux, mais ceux qui choisissent de bonnes viandes & qui les digerent; aussi ceux qui lisent beaucoup ne sont pas les plus sçavans, mais bien ceux qui lisent de bons livres avec attention, & avec reflexion.

6°. Que pour connoître entre deux hommes celuy qui est fou, & celui qui est sage, il ne faut que les envoyer tous deux sans habits en un pays étranger.

7°. Qu'on doit cherir ses amis pour la commodité qu'on en peut tirer, à l'exemple des parties du corps qui s'entr'aiment l'une l'autre, à cause du secours qu'elles se donnent reciproquement.

8°. Que la mort est une mauvaise chose, puisque les Dieux ne meurent pas.

9. Qu'il n'estimoit la vertu qu'autant qu'elle peut servir à la volupté, de même qu'on ne fait état d'une medecine, qu'à cause qu'elle est utile à la santé.

10°. Qu'il ne recevoit de l'argent de ses amis, que pour leur montrer en quoy il le faut employer.

11°. Que les Philosophes sont à la porte des Grands, comme les Medecins à la porte des malades.

Navigeant à Corinthe, & faisant paroître sur son visage beaucoup de peur à cause d'une furieuse tempête qui s'étoit élevée, quelqu'un lui dit en se mocquant: » Nous autres pauvres ignorans, » nous ne craignons rien, pour-

quoi craignez-vous donc, vous «
autres Messieurs les Philosophes ? «
C'est, lui répondit-il, qu'il ne «
s'agit pas entre vous & nous de «
la perte d'une même ame. «

Demandant beaucoup d'argent
à un pere pour instruire son fils, &
ce pere lui disant qu'il pourroit a-
cheter un esclave de cet argent,
achetés en donc un, lui dit Ari- «
stippe, & tu en auras deux.   «

Quelqu'un luy reprochant sa
friandise ; tu ne voudrois pas, lui
dit Aristippe, donner trois obo- «
les de tout cet apprêt? Non, dit «
l'autre ; c'est, lui repartit notre «
Philosophe, que tu es plus ava- «
re, que je ne suis voluptueux. «

Un homme riche lui montrant a-
vec plaisir sa maison propre &
magnifique, Aristippe ayant envie de cracher, aprés avoir regardé çà & là, il lui cracha au nez ;
& pour se justifier de cette mal-
honnêteté, dit, que tout lui avoit

paru si propre dans cette maison,
qu'il n'avoit trouvé que son nez
assez sale pour être commode à recevoir cette ordure.

Son serviteur se trouvant trop
chargé d'argent, il lui dit de jetter ce qu'il avoit de trop.

Quand il avoit jetté de l'argent
exprés dans la mer pour le per-
» dre, il disoit : Il vaut mieux qu'-
» Aristippe perde l'argent, que
» l'argent perde Aristippe.

DIALOGUE VIII.

CRATES, ZENON,

CRATES.

MOQUEZ-vous de moy tant que vous voudrez, je souffriray toutes vos insultes aussi patiemment que je souffrois le soufflet de Nicodrome, & les injures des Courtisannes que j'irritois contre moy, pour m'accoûtumer à endurer avec patience toutes sortes d'affronts.

ZENON.

Je ne prétends pas me mo-

quer de vous en vous demandant pourquoy vous portiez
cette beface, cette cappe, cet
habit doublé en été, & cet
habit fimple en hyver. Je voudrois feulement fçavoir ce
qui vous engageoit à donner
dans ces fingularitez.

CRATES.

Si vous vouliez vous reffouvenir de ce pot que vous ca-
chiez par honte fous vôtre
manteau, & que je vous caf-
fay pour vous accoûtumer à
ne point rougir de telles ba-
gatelles, vous connoîtriez
que c'eft dans le même efprit
que je portois ces parures ru-
ftiques que vous me reprochez. Mais vous me parlez

de la forte peut-être pour me
montrer que vous étes du
nombre de ces Sages, qui, felon vous, font toûjours feveres, qui ne difent jamais rien
pour plaire, mais qui ne parlent que pour profiter.

ZENON.

Je vous reconnois toûjours
pour mon maître ; c'est pourquoy je vous fais des demandes afin de m'instruire.

CRATES.

Si j'avois à vous instruire ,
je prendrois bien une autre
matiere que celle que vous
me prefentez.

ZENON.

Comme quoy, par exem-
ple ?

CRATES.

Je vous conseillerois de ne point permettre que ceux de vôtre secte disent que tous les pechez sont égaux, que les femmes doivent être communes, que les ames sont si corporelles, qu'elles peuvent être écrasées comme les corps, & de donner une plus raisonnable idée de leur Sage, qu'ils n'en ont donné.

ZENON.

S'ils avoient crû qu'on eût pû trouver dans le monde un veritable Sage, ils n'en auroient pas fait un si extraordinaire.

CRATES.

C'est-à-dire, qu'ils ont voulu faire un Sage qui fût un

monſtre dans le royaume de la ſageſſe, pour conſoler ceux qui ne le ſont pas.

ZENON.

Le terme de, monſtre, eſt trop fort.

CRATES.

N'eſt-ce pas être monſtre que d'avoir comme lui, un doigt ſi long, que quand il le remuë ſagement, tous les Sa-ges qui ſont ſur la terre, le reſ-ſentent ?

ZENON.

Cela ſouffre une explication.

CRATES.

Je vous entends. Vos ſecta-teurs veulent dire, que com-me il ne peut y avoir de Sage dans le monde, ſelon le por-

trait qu'ils en font, leur Sage
ne doit pas avoir le doigt plus
long qu'un autre. Ils auroient
mieux dit, s'ils avoient affuré
qu'il n'a ni doigt , ni mains ,
ni bras , ni pieds , ni tête , enfin qu'il n'a point de corps ;
puifqu'il n'avoit de l'exiftence
que dans leur imagination.

DE

DE CRATÉS.

CRATÉS étoit de Thebes, & vivoit vers la 113. Olympiade; il fut disciple de Diogene le Cynique.

Ayant vû dans une Comedie qu'un nommé Telephas qui tenoit un panier plein de choses précieuses, quitta tout pour s'addonner à la Philosophie Cynique, il prit aussi ce party.

Il étoit fort laid, & pour se rendre encore plus hideux, il mit sur son manteau une peau de brebis. Son habit d'été étoit double, & celui d'hyver étoit simple. Quoy qu'il n'eût pour tous biens qu'une besace & une méchante cappe, il ne laissoit pas de passer sa vie avec

F

beaucoup de gaieté.

On l'appella *Thyrepanoiĕtes* , c'eſt-à-dire, crocheteur de portes, à cauſe qu'il étoit bien reçu par tout.

Alexandre lui demandant s'il vouloit qu'on rebâtît ſa Patrie ; » Non , dit-il : car un autre Ale- » xandre viendra peut-être encore » la détruire comme vous.

Nicodrome Joüeur d'inſtrumens luy ayant donné un ſoufflet qui lui fit enfler la joüë, il ſe conten- ta pour toute vengeance , de met- tre deſſus ſa joüë un écriteau qui contenoit ces mots : *Nicodrome l'a fait.*

Il jetta ſon argent dans la mer : d'autres diſent qu'il le mit entre les mains d'un Banquier avec or- dre de le rendre à ſes enfans , s'ils n'avoient point d'eſprit , ou de le diſtribuer au peuple , s'ils deve- noient Philſoſophes , parce qu'il prétendoit qu'étant Philoſophes, ils n'auroient besoin de rien.

Il disoit des injures à des Courtisannes, afin qu'elles luy en dissent reciproquement, & qu'ainsi il s'accoûtumât à souffrir patiemment toutes sortes d'affrons. Il appelloit le mépris de la gloire & la pauvreté, son pays.

Il disoit, 1°, qu'il est impossible de trouver un homme entierement exempt de vices.

2°, Que nôtre vie est semblable à une pomme de grenade dont il y a toûjours quelque grain pourri.

3°, Qu'il souhaitoit que les fontaines portassent aussi-bien du pain que de l'eau.

4°, Que les guerres civiles & les tyrannies s'excitent dans les villes autant par la superfluité & les délices, que par toute autre cause.

5°, Que s'il luy eût été possible, il eût monté sur le lieu le plus élevé de la ville, pour crier à pleine

» tête : ô hommes , quelle eſt vô-
» tre extravagance , de prendre
» tant de peines, à amaſſer des biens,
» ſans avoir ſoin de l'éducation de
» vos enfans , à qui vous les devez
» laiſſer !

6°. Que ceux qui n'ont pour amis
que des flateurs , ſont auſſi ſeuls
dans le peril , que les brebis parmi
les loups, (*parce que les flateurs ne
les accompagnent que pour les manger.*)

❈❈❈❈❈❈❈❈❈❈

DE ZENON.

ZENON étoit de Citie ville
de Chypre.

Il avoit la taille haute , le teint
bazanné, & penchoit le cou ſur
l'un des côtez. Il refrognoit ſouvent le nez, & ſe mordoit la le-
vre.

Ses mœurs étoient civiles, douces, accommodantes; il mangeoit peu, & ſa nourriture ordinaire n'étoit que du pain, du miel, & un peu de bon vin. Son exterieur faiſoit paroître beaucoup de gravité.

Un Oracle luy ayant recommandé la couleur des morts, il ſe mit à étudier avec aſſiduité, interpretant le conſeil de l'Oracle du teint pâle que contractent ordinairement ceux qui s'appliquent à l'étude.

Les Ambaſſadeurs d'un Roy de Perſe voyant qu'il ne diſoit mot dans un feſtin, commencerent à boire à ſa ſanté, & lui dirent, Seigneur, ſi vous ne nous dites « mot, que voulez-vous que nous « diſions de vous au Roy, lorſque « nous ferons de retour ? Il leur « répondit: Dites-luy, que vous « avez vû un vieillard qui ſçait « bien ſe taire à table. «

Ayant appris qu'un navire, qui

contenoit tous les biens, étoit pe-
ri, il en remercia la fortune comme d'un moyen qu'elle luy donnoit de s'addonner entierement à
la Philosophie.

Son valet s'écriant pendant qu'il
» le battoit pour un larcin : J'étois
» prédestiné à derober ; & à être
» battu, ajoûta Zenon.

Il ne voulut point être citoyen
d'Athenes, & la raison qu'il en
donna ; c'est qu'il avoit peur, disoit-il, de sembler faire injure à
son pays. Les Atheniens lui donne-
rent une couronne d'or, & luy é-
leverent une statuë d'airain.

Il étudia la Philosophie sous Cratés. Celui-ci le trouvant honteux
& timide, lui donna à porter par la
ville d'Athenes un pot plein de
lentilles, '& voyant qu'il le cachoit sous sa robe, il cassa ce pot
d'un coup de bâton ; ce qui donna
tant de confusion à Zenon, qu'il
prit la fuite. Dans la suite il fit

beaucoup de bien à Cratés. Il lui
envoyoit tous les jours dans un petit pot ce qui lui étoit necessaire
pour vivre, & mettoit dans le cou-
vercle de ce pot quelque piece
d'argent pour son usage.

Quand il vouloit reprendre quelqu'un, il attendoit ordinairement
une occasion favorable pour cela.
Par exemple, voulant reprendre
un jeune homme efféminé qui passoit la journée à se mirer, & à se
parer, il differa jusqu'à ce qu'il le
vit en grande peine pour monter
dans un coche, parce qu'il crai-
gnoit de gâter, & de déranger
l'ordre de sa parure, & lui dit : «
Mon ami, tu crains la boüe, par-«
ce que tu ne peux pas si bien te «
voir en elle, qu'en un miroir. «

Un autre jeune homme luy faisant des questions au dessus de la
portée de sa jeunesse, il ne luy fit
point de réponse, il luy montra
seulement un miroir, lui disant :

» Voy., je te prie, fi ton vifage eft
» digne de telles queftions.

Un muguet parfumé s'appro-
chant de luy, il luy demanda, qui
fentoit fi fort la femme?

Son ferment ordinaire étoit par
le caprier.

Il difoit 1°, que fi les Sages n'ai-
moient point, il n'y auroit rien de
plus malheureux que les belles.

2°, Que le fouverain bien confifte à vivre conformement à la nature felon l'ufage de la droite raifon.

3°, Qu'avec la vertu on peut être
heureux au milieu des tourmens &
des difgraces de la fortune.

4°, Que ceux qui parloient bien,
& dont les actions étoient mau-
vaifes, reffembloient à la monnoye d'Alexandrie qui étoit belle,
& qui étoit compofée de faux me-
tal.

5°, Qu'il étoit vray que Theophrafte avoit plus d'écoliers que

luy ; mais que ce grand nombre prouvoit feulement que la danfe de Theophrafte étoit plus grande, & que pour la fienne elle étoit mieux reglée.

6°, Que quelque fevere qu'il fût, il fe rejoüiffoit aux feftins ; mais que cela ne devoit étonner per- fonne , puifque les legumes les plus amers deviennent doux , quand ils ont été trempez.

7°, Que la pieté eft la fcience du fervice que nous devons à Dieu.

8°, Que les Sages font toûjours feveres , & ne difent jamais rien pour plaire ; mais qu'ils ne parlent que pour profiter.

9°, Que ceux qui parlent trop, ont leurs oreilles changées en lan- gue.

10°, Que la nature a donné à l'homme deux oreilles & une feu- le langue , pour montrer qu'il faut une fois plus entendre que parler.

11°, Que peu de chofe donne la perfection à un ouvrage, quoy que la perfection ne foit pas peu de chofe.

Ayant trouvé un jeune homme qui fe promenoit à l'écart, pour éviter un de fes amis qui le vouloit engager par fes prieres à porter un faux témoignage pour luy, il luy » dit: Quoy cet homme a la har- » dieffe de te demander une chofe » injufte, & tu n'as pas la hardieffe » de la lui refufer :

Il fut fondateur de la fecte Stoï- cienne, ainfi appellée du mot *Stoa*, qui fignifie en Grec portique, lieu où il donnoit fes leçons.

Selon cette fecte, 1°, les femmes & les hommes ne doivent avoir qu'une forte de vêtement. 2°, Les pechez font égaux, & les vertus égales. 3°, Les femmes doivent ê- tre communes, afin de détruire les defordres qu'apportent le foup- çon & la jaloufie. 4°, Il n'y aura

qu'un Dieu souverain , qui soit
immortel , tout le reste perira.
5°, Le monde a été créé. 6°, Dieu
n'est rien autre chose que l'ame
du monde, le monde est le corps
de cette ame, & tous les deux sont
comme un animal parfait. 6°, Nos
ames ne peuvent éviter l'action du
feu dans les incendies générales,
& se reünissent à Dieu qui est la
grande ame de l'Univers 7°. Nos
ames sont si corporelles, que celles
des hommes écrasez par quelque
ruine inopinée , périssent dés
l'heure même. 8°, Le Sage est e-
xempt des passions , est toûjours
égal à soy-même, trouve tout en
soy pour vivre content. Il est seul
libre, seul Roy veritable , exerce
son empire jusques dans les liens ,
s'il y tombe; n'est redevable de sa
felicité qu'à lui-même , & à la force de son esprit ; il sçait seul aimer,
& merite seul qu'on l'aime, posse-
de seul la beauté, la noblesse , &

les fciences en perfection; fe prend
fi-bien à ce qu'il fait, qu'on remarque même fon adreffe à cuire
des lentilles ; s'il étend fon doigt
fagement, tous les Sages qui font
fur la terre le reffentent. Il eft feul
vray Magiftrat , vray Prophete,
vray Sacrificateur , ne ment jamais, ne pêche jamais, ne peut ê-
tre offenfé ; eft fans pitié & fans
mifericorde, parce qu il n'eft fuf-
ceptible d'aucune paffion , peut fe
faire mourir quand il veut , de même qu'on quitte le jeu ou la table
quand on le veut , & c'eft là le
principal point de fa liberté. 9°, La
connoiffance des arts liberaux eft
inutile. 10°, Le Soleil fe nourrit des
vapeurs de l'Ocean, & la Lune ,
de celle des eaux douces.

Zenon mourut vers la 129. O-
lympiade. On dit qu'il s'étrangla
lui même aprés une chûte. Ses Difciples fe font maintenus dans cette
liberté de fe donner eux-mêmes la

mort. Antigonus le Second ayant appris que ce Philofophe avoit fini fa vie, il dit que le theatre de fes actions lui étoit ôté, comme celuy de tous les hommes qu'il defiroit le plus pour fa gloire, & pour fpectateur & approbateur de tout ce qu'il faifoit.

DIALOGUE IX.

CLEANTE, EMPEDOCLE.

CLEANTE.

JE vous loüe de ce que vous reprochiez à vos concitoyens qu'ils s'adonnoient aux plaisirs avec autant d'avidité que s'ils eussent crû devoir mourir bien-tôt, & qu'ils se bâtissoient des maisons, comme s'ils eussent dû toûjours vivre. Mais ce qu'on dit de vôtre mort, ne vous fait point du tout d'honneur.

EMPEDOCLE.

Apprenez-moy donc, je vous prie, ce qu'on en dit.

CLEANTE.

Quoy! Vous ne fçavez pas qu'on dit que vous vous préci-pitâtes dans les flammes du Mont Æthna, afin que difpa-roiffant tout d'un coup, & fans qu'il parût de quelle ma-niere vous aviez quitté l'autre monde, on crût que vous a-viez été enlevé dans le ciel, & mis au nombre des Dieux; mais que des pantoufles d'ai-rain que vous portiez ordinai-rement, & que les flammes rejetterent, firent connoître vôtre ambitieufe tromperie?

E M P E D O C L E.

N'est-il pas vray que vous croyez plus volontiers cette histoire que celles qui disent, ou que je mourus aprés m'être cassé la jambe en allant à Mes-sine, ou qu'étant affoibli de vieillesse, je me laissai tomber dans la mer où je me noyay?

C L E A N T E.

Pourquoy croirois-je plus volontiers la premiere histoire de vôtre mort que les deux au-tres?

E M P E D O C L E.

C'est que la premiere hi-stoire m'humilie, & diminuë ma reputation. Un Sçavant trouve une je ne sçay quelle satisfaction d'esprit qu'on ne

peut pas bien exprimer , lors
qu'il voit qu'on remarque
dans un autre Sçavant quelque
endroit odieux qu'il croit n'a-
voir pas en foy-même.

CLEANTE.

Tai-toi, tai-toi, marche tout dou-
cement. C'eft l'avis que donnoit
Euripide ; c'eft l'avis que j'ay
donné à bien des gens dans
l'autre monde , & c'eft l'avis
que je vous donne dans celui-
cy. Vous allez un peu trop vîte , quand il s'agit de donner
une mauvaife interpretation
aux fentimens des autres. Ref-
fouvenez-vous que vous avez
foûtenu qu'il ne faut jamais
nuire ni aux animaux , ni aux
plantes. Je vous renvoye à vô-

tre opinion pour vous prouver que vous devez traiter les hommes avec bonté & douceur, & juger d'eux comme vous souhaiteriez qu'ils jugeassent de vous-même.

EMPEDOCLE.

Vous embarasseriez fort tous les autres Philosophes, si vous exigiez d'eux qu'ils se rendissent par leur conduite, cautions de la perfection qu'ils demandent dans les autres.

DECLEANTE.

CLEANTE Philosophe Stoï-
cien vivoit vers la 134. O-
lympiade. Il étoit de la ville d'Af-
son dans l'Epire. La pauvreté l'a-
voit reduit dans la necessité de gagner sa vie à tirer de l'eau pendant
la nuit, afin de pouvoir vaquer à
l'étude pendant le jour. Il écrivoit
sur des tuiles, & sur des os de
bœuf ce qu'il avoit appris de Zenon, parce qu'il n'avoit pas d'argent pour acheter des tablettes.
Ayant été un jour appellé en jugement, pour dire comment il a-
voit fait pour devenir aussi robuste
qu'il étoit, quoy qu'il fût fort pauvre, il fit paroître devant ses Juges, pour se justifier, un Jardinier
chez qui il travailloit, & une femme chez laquelle il passoit la fari-

ne, & pétriſſoit le pain.

Il étoit groſſier, & lent à apprendre ce qu'on luy enſeignoit.

Quelqu'un lui demandant ce
qu'il devoit repeter le plus ſouvent à ſon fils, il luy répondit par
ce vers d'Euripide.

Tay-toy, tay-toy, marche tout dou-
cement.

Selon luy, 1°, les aſtres ſont de
figure pyramidale. 2°, Le ſoleil a
en ſa puiſſance la conduite de toutes choſes. 3°, Dieu n'eſt qu'un feu
qui environne tout le monde, &
de la nature duquel ſont les aſtres
& les planetes. 4°, Les étoiles ſont
des animaux divins, ayant ſentiment & intelligence.

Il ſe laiſſa mourir de faim, aprés
avoir reconnu l'immortalité de
l'ame.

D'EMPEDOCLE.

EMPEDOCLE étoit d'Agri-
gente qu'on nomme aujour-
d'huy Girgenti en Sicile, & vivoit
vers la 84. Olympiade. Il suivoit
les opinions de Pythagore. C'étoit
un Philosophe tres-subtil en ses
discours, & qui se servoit souvent
de metaphores, & de fictions poë-
tiques. Il passoit pour être grand
Orateur, & grand Medecin. On
l'a accusé de magie, & l'on disoit
que, pour appaiser la fureur des
vents, il faisoit écorcher des asnes,
& mettoit leurs peaux sur le som-
met des montagnes. Quoy qu'il
n'aimât point à commander aux
autres, il ne laissa pas de gouverner l'Etat; son exterieur étoit fort
grave; il portoit les cheveux fort

longs. Son pays étant fujet à la fte-
rilité & à la pefte, il le délivra de
ces maux, en faifant boucher des
trous de montagnes, d'où fouf-
floit un vent de Midy, qui par fa
chaleur caufoit ces dommages.

Selon lui, 1°, il n'y a qu'un monde ; mais ce n'eft pas la même chofe que le monde ; & tout le monde
n'eft qu'une petite partie du tout,
le refte eft une matiere oifeufe.
2°, Le vin fe fait d'eau pourrie.
3°, Le Soleil eft la reflexion de la
lueur du feu qui eft en terre.
4°, La mer eft la fueur de la terre
échauffée du Soleil. 5°, La Lune eft
un air congelé en une fphere de
feu.

Il difoit 1°, que nous ne pouvons
comprendre ce que c'eft que Dieu.

2°, Que la nature a donné des
armes à tous les animaux pour leur
défenfe, & à l'homme, la raifon.
3°, Que c'eft une ingratitude de faire mourir les animaux dont nous

tirons quelque commodité.

4°, Qu'il ne faut point immoler les animaux aux Dieux , & que l'on ne devroit jamais nuire ni aux animaux , ni aux plantes.

Il mourut âgé d'environ 77. ans.

DIALOGUE X.

GALILEI, PYRRHON.

GALILEI.

ON a dit, il est vray, que par ma maniere d'écrire j'ay caché plusieurs défauts, & que je suis pris pour original en bien des endroits, où je ne suis cependant que copiste. Trouvez-vous que ce sentiment qu'on a de moy, me soit des-avantageux?

PYRRHON.

Je ne sçay que vous répondre là dessus.

GALILEI

GALILEI.

Quoy ! vous affectez de ne rien decider icy, non plus que dans l'autre monde ? Pour moy, je dis hardiment, & fans hefiter en aucune maniere, que, quelque copifte qu'-on prétende que j'aye été, il m'eft toûjours glorieux de m'être fi bien fervi des fenti-mens des autres, que je me les fois rendus aflez propres pour en être crû l'Auteur. On invente fi peu à prefent, qu'il femble que tout le merite d'un Sçavant confifte à fe bien fervir de ce qu'il trouve dans les ouvrages de ceux qui ont tra-vaillé avant luy.

.G

PYRRHON.

Cela peut être.

GALILEI.

Quand vous repoussâtes a-
vec violence ce chien qui vous
vouloit mordre, & dont on
parle dans l'hiftoire de vôtre
vie, il me femble que vous
n'étiez point fceptique dans
cette occafion ; je veux dire,
que vous ne doutiez point du
mal qu'il vous pouvoit faire.

PYRRHON.

C'eft qu'on ne peut pas dé-
poüiller entierement l'homme.

GALILEI.

On dit que dans ce tems-
là vous fiftes la même réponfe à ceux qui fe fervoient du

pretexte de cette action , pour
se moquer de vôtre Philosophie. Qui auroit bien examiné toute la conduite de vôtre
vie , y auroit peut-être bien
trouvé des exceptions sur vôtre regle generale , qui prétendoit que l'on doit douter de
tout.

PYRRHON.

A ce que je vois vous m'en-
treprenez bien mal à propos
sur mes opinions.

GALILEI.

Peut-être que si , peut- êtr
que non.

PYRRHON.

Vous me raillez d'une ma-
niere bien fade.

GALILEI.

Qui vous l'a dit ?

PYRRHON.

On n'a qu'à vous entendre parler pour le connoître.

GALILEI.

Cela n'est pas assuré.

PYRRHON.

Pour moy , je n'en doute point.

GALILEI.

Je doute donc de toute vôtre Philosophie.

DE GALILEI.

GALILEI sçavant Philoso-
phe, & Mathematicien étoit
de Florence. C'est le premier qui
a trouvé la proportion des vibra-
tions des poids suspendus, & de
l'acceleration du mouvement des
corps pesants dans leurs chûtes. Il
découvrit plusieurs nouvelles étoiles par l'usage de Telescope, remarqua des taches dans le Soleil,
& s'imagina voir des montagnes,
& des vallées dans la Lune. Il fut
Professeur à Padouë pendant dix-
huit ans avec un applaudissement
general. On le mit à l'Inquisition
pour avoir enseigné le mouvement
de la terre, contre la défense qui
luy en avoit été faite. Aprés avoir
été cinq ou six ans en prison, il fut

obligé de fe dédire.

Ses Ecrits font connoître qu'il étoit bel efprit ; fon ftile eft agréable. Le pere Rapin dit que par fa maniere d'écrire il cache bien des défauts, & qu'il eft pris pour original en bien des endroits où il n'eft que copifte.

Il mourut en 1642. âgé de 78.ans.

DE PYRRHON.

PYRRHON étoit d'Elide, & vivoit vers la 120.Olympiade. Il fut d'abord Peintre, en fuite fit trafic de petits oifeaux , & de cochons , pour gagner fa vie , & enfin devint Chef de la fecte des Sceptiques.

Etant un jour dans un navire en danger de perir par une tempête, il montra à quelques-uns de fes difciples qui étoient avec lui , un

petit cochon qui mangeoit tranquillement de l'orge que l'on avoit
répandu dans le navire , & leur dit
qu'il falloit par la raison , & par l'e-
xercice de la Philosophie, acquerir
une constance semblable , qui
nous empêchât d'être troublez
par aucun accident de la fortune.

Les Atheniens l'ont honoré du
titre de Citoyen , parce qu'il a-
voit tué Cotys Roy de Thrace.

Selon lui , 1°, la coûtume est le
seul mobile qui fait agir les hommes. 2°, Il n'y a rien d'honnête ou
de malhonnête , d'injuste ou d'é-
quitable. 3°, On ne sçauroit former
aucune proposition , qui n'en ait
une opposée d'égale probabilité ;
c'est pourquoy il doutoit toûjours
dans une continuelle recherche
de la verité , & se servoit ordinairement de ces termes : *Je ne sçay ,
cela peut être , il se peut.*

Il a vécu prés de 90. ans.

Lisez les œuvres de M. de la

G iiij

Motte le Vayer, pour ſçavoir ce
qu'on a dit pour & contre ce Philoſophe, & en quoy conſiſtoit la Philoſophie Sceptique.

DIALOGUE XI.

DIAGORAS, EPICTETE.

DIAGORAS.

TOus ceux qui paroif-
sent Athées ne le font
pas.

EPICTETE.

Comment l'entendez-vous?

DIAGORAS.

Je prétends qu'il n'y a point
de veritables Athées, mais
qu'il y en a seulement qui selon les apparences sont A-
thées, c'est-à-dire, qu'ils paroissent par leurs discours, &

G v

par leurs actions, souhaiter qu'il n'y ait point de Dieux, afin de n'avoir point de sujet de craindre les châtimens qu'ils meritent par leurs desordres.

EPICTETE.

Quoy étiez-vous de ce dernier nombre d'Athées?

DIAGORAS.

On m'a crû Athée, parce que j'ay demandé s'il y avoit des Dieux, & s'il y en avoit, quels ils étoient. Tous les jours, à ce qu'on m'a dit, d'honnêtes gens font la même demande, & agitent la même question, dans l'autre monde, sans que l'on songe à les accuser d'Atheïsme.

EPICTETE.

Ces honnêtes gens font cette demande , & agitent cette queſtion , il eſt vray : mais c'eſt ſans douter de la verité de la choſe ; au lieu que vous , à ce qu'on dit , ne croyiez aucune Divinité.

DIAGORAS.

Peut-on avoir de la raiſon avec des yeux , & douter qu'il y ait une Divinité ?

EPICTETE.

Vous me ſurprenez ; quoy, il ſemble que vous en êtes plus perſuadé que ceux qui ont beaucoup écrit , & beaucoup parlé pour la prouver !

DIAGORAS.

Quoyque je n'aſpire pas.

comme vous, au titre glorieux
de Pedagogue, & de Docteur
du genre humain, je puis af-
fûrer, que bien loin d'êttre A-
thée comme on m'en accuse,
je suis prêt à apporter aux
hommes des preuves inconte-
stables d'un Estre infini, éternel, independant, & souverain.

EPICTETE.

C'est apparemment depuis
que vous êtes icy, que vous
avez de si sages, & de si justes
sentimens.

DIAGORAS.

Je dis à present les choses
telles que je les pense ; mais
dans l'autre monde les diffe-

rentes paſſions dont mon cœur
étoit agité, me faiſoient parler
autrement que je ne pen-
ſois.

DE DIAGORAS.

DIAGORAS étoit d'Athe-
nes. Les Atheniens le chaffé-
rent de leur ville , à caufe qu'il a-
voit demandé s'il étoit vray qu'il y
eût des Dieux , & s'il y en avoit ,
quels ils étoient ? On le furnomma
l'Athée.

Il vivoit vers la 74. Olympiade.

D'EPICTETE.

EPICTETE Philofophe Stoï-
cien étoit d'Hierapolis , & vivoit dans le premier fiecle.

Quoy qu'il fût Efclave d'Epaphrodite Capitaine des Gardes de
Neron, il parut en cet état plus
libre que fon maître. Celuy-cy

luy ayant donné un grand coup ſur la jambe, Epictete lui dit froide-ment, de prendre garde de ne la pas rompre ; Epaphrodite ayant redoublé en telle ſorte qu'il lui caſſa l'os; nôtre Philoſophe lui re-pliqua ſans s'émouvoir: Ne vous « avois-je pas dit que vous vous « jouïez à me rompre la jambe ? «

Il a été en ſi grande reputation, que la lampe de terre dont il ſe ſervoit pour étudier pendant la nuit , fût venduë trois mille drachmes.

Selon lui , tout la Philoſophie conſiſte en ces deux mots. : *Suſtine & abſtine*.

Il ſe déclare chez Arrien pour Cenſeur & Inſpecteur envoyé du ciel , afin d'obſerver la conduite des hommes , & corriger leurs dé-fauts; pour le Pedagogue & le Do-cteur du genre humain , afin de l'inſtruire & le châtier ; pour le Medecin & l'Eſculape du ſiecle, afin de découvrir , & guerir les maladies publiques ; enfin pour le Seigneur & le Roy avec un scep-tre , & un diadéme plus éclatant que celuy des Roys , avec le pou-voir de faire de tous les hommes autant de Roys , en leur appre-nant qu'ils cherchent la grandeur & la felicité où elle n'est pas, & en se donnant à eux-mêmes pour exemple ; parce qu'il n'avoit rien, ni champs, ni maison , ni femme, ni enfans , ni famille , ni lit , ni tu-nique , ni meubles ; & il avoit neanmoins de la santé, de la joye, de la tranquillité ; n'ayant rien & ne manquant de rien ; ne desirant rien , & ne craignant rien ; libre, content , exaucé dans tous ses vœux, ne se plaignant ni de Dieu, ni des hommes ; se faisant craindre aux puissances que les autres crai-gnent ; respecté des autres hom-mes comme leur Seigneur & leur Roy, par la pureté de sa vie, par

la liberté de fa langue , par la force invincible d'une bonne con-
fcience. Exempt de tout reproche,
amoureux de l'honnêteté ; & de
la vertu pour elle-même ; toûjours expofé aux yeux des hommes , & confiderant, fans comparaifon , davantage la prefence
éternelle de Dieu ; calomnié , &
fouvent frappé par ceux dont il
tâchoit de guerir les bleffûres , &
qu'il aimoit , lorfqu'ils le frap-
poient , comme étant toûjours
leur pere & leur frere ; enfin s'é-
tant donné par la temperance &
par la fobrieté une fanté fi ferme ,
& un corps fi robufte, qu'il pouvoit foûtenir , non feulement le
froid , le chaud, & toutes les injures de l'air ; mais auffi les outrages
& les coups qu'il recevoit de ceux
qui n'étoient méchans , que parce qu'ils étoient malades.

DIALOGUE XII.

STILPON, ZOROASTRE.

STILPON.

DITES-moy, je vous prie, quel sujet vous aviez de rire en entrant dans le monde?

ZOROASTRE.

Je n'en sçai rien ; je ne sçay pas même , si j'ay ri. Est-ce qu'un enfant qui naît, sçait ce qu'il fait ?

STILPON.

Ce ris n'a pas laissé de vous rendre fort considerable dans l'autre monde ; il a été cause

qu'on a parlé de vous comme
d'un prodige.

ZOROASTRE.

Mon ris n'étoit peut-être que
quelque grimace qui appro-
choit de la maniere de rire,
que les hommes ont bien voulu faire valoir comme quelque chose de fort singulier.
Ce qu'on dit de vôtre mort
n'est pas moins extraordinaire
que ce qu'on dit de ma naiss-
sance.

STILPON.

Qu'en dit-on donc de si sur-
prenant ?

ZOROASTRE.

Si nous voulons ajoûter foy
aux Historiens de vôtre vie,
nous croirons que vous mou-

rûtes aprés vous être enyvré
pour mourir plus aifement , &
avec moins de peine de corps
& d'efprit.

STILPON.

Je donneray plûtôt raifon
de ce que j'ay fait en mourant,
que vous n'en donnerez de ce
que vous avez fait en naiffant.

ZOROASTRE.

C'eft-à-dire , que vous aimiez tant la vie , que vous
doutant bien qu'il vous feroit
tres-fenfible de la quitter, vous
vouliez en perdant la raifon,
vous ôter de l'efprit tout ce qui
vous pourroit tourmenter en la
quittant. Et où étoit donc vôtre force Philofophique ?

STILPON.

Elle étoit dans mes ouvrages comme est celle des autres Philosophes.

ZOROASTRE.

Je vous entends. Vous prétendez qu'il suffit de conseiller aux autres d'avoir du courage, pour passer pour homme fort; sans se soucier d'en avoir soy-même.

STILPON.

Mais, dites-moy, avez-vous remarqué une autre conduite dans ceux qui donnent de sages preceptes, & de raisonnables conseils ? De tout tems il a été plus aisé de dire que de faire, & je croy que cela durera autant que le monde. Quel-

que grand Magicien qu'on
prétende que vous foyez, vous
ne pourrez pas faire que les
chofes aillent autrement.

ZOROASTRE.

Moy Magicien !

STILPON.

On le dit.

ZOROASTRE.

On ne le dira pas toûjours;
parce que je remarque que
plus le monde dure , plus les
hommes deviennent habiles,
& fe perfectionnent dans la
connoiffance des chofes naturelles ; c'eft cette connoiffance
qui me fait efperer qu'on aura
de plus équitables fentimens
de moy.

DE STILPON.

STILPON étoit d'une Bourgade en Grece nommée Mega-
re. Il étudia sous des Philosophes
de la famille d'Euclide.

Quelqu'un lui disant un jour
qu'une fille qu'il avoit, & dont la
conduite étoit dereglée lui faisoit
deshonneur, il répondit : *Elle* «
ne me deshonore pas tant que je l'ho- «
nore. «

Il fit ces questions sur la Minerve de Phidias, à un homme qui
l'étoit venu voir : Minerve fille «
de Jupiter est-elle Dieu ? L'autre «
lui répondit qu'ouy. Celle-cy «
n'est pas de Jupiter ? Non. Elle
n'est donc pas Dieu. «

Ayant été cité devant l'Areo-
page à cause de ce raisonnement,

il se justifia en soûtenant, qu'il a-
voit voulu dire, qu'elle n'étoit
pas Dieu, mais Deeffe. (C'est que
le mot Grec signifie l'un & l'autre.) A cause de cette réponse on
se contenta de le chasser de la ville.

Cratés lui demandant un jour si
les Dieux prenoient plaisir aux
prieres, & aux adorations des hom-
» mes; demande-moy cela, quand
» nous serons seuls, lui répondit-il.
Une autrefois Bion luy ayant demandé s'il y avoit des Dieux, il lui
» dit : Chasse ce peuple, si tu veux
» que je te réponde.

On dit qu'il étoit sujet au vin &
aux femmes; mais que l'étude le
changea.

Il disoit qu'il s'imagina voir une
nuit en songe Neptune se fâcher
contre luy de ce qu'il ne lui avoit
pas sacrifié un bœuf; & que sans
s'étonner de cette vision, il lui dit:
» Quoy ! Neptune, te viens tu
plaindre

plaindre comme un enfant qui «
pleure de ce qu'on ne lui a pas «
donné une affez groffe part ? «
Eft-ce que tu es fâché, de ce que «
je ne me fuis pas endetté d'ar- «
gent pris à ufure pour remplir «
toute cette ville de l'odeur du rô- «
ti à ta gloire ? N'es tu pas con- «
tent du facrifice mediocre que je «
t'ay fait dans ma maifon felon «
mon pouvoir ? Il ajoûtoit qu'il s'i-
magina que Neptune fe prit à rire
de cette reponfe, & qu'en lui ten-
dant la main, il lui promit qu'il
envoyeroit cette année là une
grande quantité de loches de
mer aux Megariens pour l'amour
de luy.

Il mourut fort âgé de la maniere dont il eft parlé dans le prece-
dent Dialogue.

✿✿✿✿✿✿✿✿✿✿✿✿✿✿✿✿✿✿✿✿✿✿✿✿✿
✿✿✿✿✿✿✿✿✿✿✿✿✿✿✿✿✿✿✿✿✿✿✿

DE ZOROASTRE.

ZOROASTRE étoit Roy des Bactriens. Saint Clement d'Alexandrie dit que Platon parlant de ce Philofophe, affûre qu'il reffufcita douze jours aprés fa mort. C'eft le feul de tous les hommes qui ait rien naiffant.

Il avoit le cerveau fi boüillant, qu'il repouffoit les mains de ceux qui les mettoient fur fa tête. On dit qu'il ne vécut en toute fa vie que de lait; d'autres difent chez Pline, qu'il vécut de fromage dans les deferts pendant vingt ans: On le met 500. ans avant la guerre de Troye.

DIALOGUE XIII.

TICHO-BRAHÉ, ARISTOTE.

TICHO-BRAHÉ.

SI l'on veut vous croire, l'avantage que vous aviez tiré de la Philofophie, c'étoit de faire de vôtre propre mouvement ce que les autres faifoient par la crainte des loix. Et ainfi felon vous, quand vous fortîtes avec précipitation d'Athenes pour vous retirer à Chalcis, ce n'étoit point par la crainte des peines que

H ij

les loix ont ordonnées contre
le crime d'impieté dont vous y
étiez accusé ; mais seulement
par un mouvement naturel
de vôtre esprit qui vous portoit
à faire ce voyage. Tous ceux
qui ont parlé de cette action,
font donc bien trompez ; car
ils ont tous crû que vous ne
fongiez qu'à vous fauver, comme auroit fait le dernier des
hommes, & le plus ignorant
dans la science Philofophique.

ARISTOTE.

Ce n'eft pas fans raifon qu'.
on dit que vôtre nez étoit d'or:
car il faut que vous ayez bon
nez pour fentir de fi loin mes
plus fecretes intentions, & les
mouvemens les plus interieurs

de mon esprit , & de mon
cœur.

TICHO-BRAHE'.

Oh! Il n'est pas necessaire
d'avoir un nez si excellent
pour penetrer les sentimens
des Philosophes comme vous;
on n'a qu'à les voir agir; &
l'on connoît bien-tôt qu'ils
pensent autrement qu'ils ne
parlent ; & qu'il semble qu'ils
ayent une morale pour leurs
actions, & une autre pour leurs
paroles.

ARISTOTE.

On a donc, à ce que je voy,
encore eû raison de dire que
vous aimiez beaucoup à railler, mais que vous n'entendiez
point du tout raillerie : car

vous étes d'humeur à me dire à préfent bien des injures, à caufe que j'ay un peu plaifanté fur vôtre nez.

TICHO-BRAHE'.

Si j'étois d'humeur à vous infulter, je n'aurois qu'à rappeller l'hiftoire des facrifices que vous faifiez à vôtre femme : ils me fourniroient une ample matiere de rire à vos dépens.

ARISTOTE.

Je ne crains pas que vous rappelliez cette hiftoire, quand je vous auray dit un mot de cette payfanne à qui vous facrifiâtes vôtre nobleffe par un mariage fi difproportionné.

TICHO-BRAHE'.

Je juge à propos de nous taire l'un l'autre, parce que nous
sommes en train de dire bien
des pauvretez. Si l'on nous entendoit, on se moqueroit de
nous ; car il n'y a personne
qui ne s'imagine, nous voyant
ensemble, que nous nous en-
tretenons des effets de la nature, ou des qualitez des animaux, ou des mouvemens &
revolutions du Soleil, de la
Lune, & de tous les corps celestes.

ARISTOTE.

Continuons, continuons ;
nous parlerons de ces choses ;
si quelqu'un vient nous écouter. Mais à present que nous

fommes feuls , donnons la liberté à nôtre efprit , il eft affez
géné, quand nous parlons en
public.

TICHO-BRAHE'.

Qui croiroit qu'Ariftote fût
fi enjoüé ? Quand j'étois dans
l'autre monde , vous paffiez
dans mon efprit pour un homme d'une feverité , & d'un fe-
rieux à demonter , & à attrifter
les plus bouffons.

ARISTOTE.

Vous n'aviez donc pas lû
l'hiftoire de ma vie.

TICHO-BRAHE'.

J'avois feulement lû vos ouvrages , & dans ces ouvrages
je n'avois trouvé qu'une obfcurité qui me fembloit fort

affectée; mais il ne m'y a jamais rien paru de divertissant.

ARISTOTE.

Ce n'est pas dans les ouvrages d'un Auteur qu'il faut prétendre le bien connoître; non plus que dans ses discours publics. N'avez-vous pas dit, qu'il semble que les Philosophes ayent une morale pour leurs paroles, differente de celle de leurs actions? Pensez-vous que j'étois le même en vendant de la poudre de santeur, que lorsque je vendois à Alexandre le Grand, mes livres sur les animaux?

TICHO-BRAHE'.

Je vous trouve bien sincere aujourd'huy.

ARISTOTE.

Je suis sincere , parce que la dissimulation fatigue trop. ... Mais , taisons - nous , voici Descartes mon espion continuel qui nous vient écouter.

DE TICHO-BRAHE'

TICHO-BRAHE' étoit un Gentil-homme Danois de la premiere qualité, & vivoit dans le dernier siecle.

A l'âge de quatorze ans ayant vû une éclipse du soleil, & ayant remarqué qu'elle étoit arrivée au même moment que les Astrologues l'avoient prédite : il considera l'Astronomie comme une chose divine, & il lui prit une si forte envie d'apprendre cette science, que malgré les défenses de son Precepteur, qui avoit ordre de lui enseigner la Jurisprudence: il lisoit continuellement les Auteurs qui traitoient de la science des astres, & employoit tout l'argent

H vj

qu'on lui donnoit pour fon divertiffement, à acheter des globes,
des livres, & des inftrumens de
Mathematiques, & enfin fe rendit
tres-habile dans ces fciences.

Il fe maria en Danemark à une
païfanne.

Un coup d'épée lui ayant emporté une partie du nez, il repara
ce défaut par un nez d'or ou d'argent qu'il accommodoit avec tant
d'adreffe, que tout le monde le
prenoit pour un veritable nez.

Il aimoit à railler, & n'entendoit point raillerie.

On dit qu'il étoit fi fuperftitieux,
que, s'il rencontroit une vieille au
fortir de fa maifon, il y retournoit
au lieu de continuer fon chemin;
on dit encore qu'il prenoit auffi à
mauvais augure, s'il rencontroit
un lievre, quand il alloit en cam-
pagne. Il mourut à Prague en 1601.
âgé de 55 ans. Voici fon fyftéme.

Il met la terre immobile au cen-

tre du monde, & après l'avoir é-
tablie centre du mouvement des
deux luminaires, c'est-à-dire, du
soleil & de la lune, il suppose qu'-
ils font leurs revolutions autour
du globe terrestre, établissant encore ce même globe pour centre
du firmament & du premier mobile; car en posant la terre immobile, il lui a fallu imaginer un premier
mobile, comme Ptolomée. Il fait
le soleil centre du mouvement de
Mercure, de Venus, de Mars, de
Jupiter, & de Saturne.

D'ARISTOTE.

ARISTOTE nâquit à Stagyre
petite ville de Macedoine
vers la 99. Olimpiade. Il étoit de
mediocre taille, avoit la voix
foible, les jambes menuës, & les

yeux petits; il aimoit à être proprement & richement vêtu, à porter des anneaux aux doigts, & à
avoir le poil couppé. Son pere étoit
Medecin d'Amyntas ayeul d'Alexandre le Grand.

Ariſtote diſſipa dans ſa jeuneſſe
une grande partie de ſon bien par
les débauches; il alla étudier à A-
thenes la Philoſophie ſous Platon,
où n'ayant plus de quoy vivre, il
fit trafic de poudre de ſenteur, &
de remedes; il ſe rendit ſi habile,
qu'il ſurpaſſa tous les grands hommes qui étoient alors diſciples de
Platon, & l'on étoit ſi perſuadé de
l'étenduë, & de la pénétration de
ſon eſprit, que, quand il étoit ab-
ſent de l'école; on n'y decidoit
rien, que le Philoſophe de la verité ne fût venu. (C'eſt ainſi qu'on
l'appelloit.)

Dans la ſuite il quitta les ſentimens de Platon pour en prendre
d'autres, ce qui cauſa de la divi-

fion entr'eux. Quand Platon vit qu'il s'étoit retiré de fon Acade-mie, il dit : Ariftote a fait comme les jeunes poulains contre leur « mere, lorfqu'ils viennent de naî- « tre, car il nous a lancé des ruades « à coups de pieds.

Il fe retira à Atarnie petite ville de la Myfie vers l'Hellefpont, où regnoit alors Hermias fon ancien ami ; ce Prince lui donna fa fœur Pythias en mariage : Ariftote eut un fi violent amour pour cette femme, qu'il lui fit des facrifices.

D'Atarnie il alla à Mytilene ville capitale de Lefbos , puis Philip-pe Roy de Macedoine le prit pour Precepteur de fon fils Alexan-dre ; en fuite ce Philofophe alla demeurer à Athenes, où il établit fon échole dans le Lycée; il y don-noit fes leçons en fe promenant, C'eft-pourquoy on l'appella *Peri-pateticien* ; il y en a qui difent qu'il fut ainfi nommé, à caufe qu'étant

avec Alexandre qui avoit été malade, il se promenoit avec lui en
lui enseignant, pour lui faire reprendre ses forces par cet exercice.

Son application à l'étude étoit
si continuelle, que pour n'être pas
beaucoup distrait par un trop long
sommeil, il tenoit en dormant une
boule d'airain en sa main, au dessus d'un bassin aussi d'airain, afin
que quand il dormiroit profonde-
ment, il fût reveillé par le bruit
que feroit cette boule en tom-
bant.

Il disoit 1°, que les études étoient
comme des racines ameres qui portent des fruits fort doux.

2°, Que les Sçavans avoient les
mêmes avantages sur les ignorans,
que les vivans sur les morts.

3°, Que la science étoit un ornement dans la prosperité : & un re-
fuge dans l'adversité.

4°, Qu'il souffroit sans peine qu'-

on le calomniât en son absence, &
qu'il souffriroit même qu'on le
battît aussi, pourvû qu'il ne fût
pas present.

5°, Que c'est être grand, non pas
de dominer en plusieurs pays, mais
d'avoir une droite & saine opinion des Dieux.

6o, Qu'il n'y a rien qui vieillisse
si-tôt qu'un bienfait.

7°, Que l'esperance est le songe
d'un homme qui veille.

8°, Qu'un ami est une ame dans
deux corps.

9°, Que, demander pourquoy
on aime à demeurer avec les belles personnes, c'étoit la demande
d'un aveugle.

10°, Que la doctrine est un bon
passe-port pour parvenir à la vieillesse.

11°. Que la recompense des men-
teurs est de n'être point crûs,
quand ils disent la verité.

12°, Que l'avantage qu'il avoit

tiré de la Philosophie, c'étoit de
faire de son propre mouvement ce
que les autres font par la crainte
des loix.

13°, Que la beauté est une lettre
de recommandation, Socrate l'a
appellée une tyrannie de petite durée ; Platon, un privilege de nature ; Theophraste, une tromperie couverte ; Theocrite, un dommage bien orné, & Carneade, un
Royaume solitaire.

Aristote disoit souvent : *O mes*
amis, personne n'est ami.

Un babillard, aprés lui avoir
bien rompu la tête de ses discours
» inutiles, lui disant : N'est-ce pas
» là une chose merveilleuse ? Non
» pas cela, lui répondit-il : mais
» ce qui est admirable, c'est qu'un
» homme qui a des pieds, puisse
» être assez patient pour écouter
» ton babil.

Un autre babillard lui ayant dit:
» Je t'ay bien rompu la tête, Phi-

losophe; non repartit-il : car je «
n'ay pas songé à ce que tu as dit. «

Quelqu'un lui reprochant d'a-
voir eû pitié d'un méchant homme
en lui donnant l'aumône : il dit :
Je n'ay pas eu pitié de ses mœurs, «
mais de son humanité. «

Selon luy il y a trois principes,
la nature, la forme, & la priva-
tion, & le monde n'a point eu
de commencement, & n'aura
point de fin. Je ne rapporte pas icy
toutes ses autres opinions, parce
que toutes les écholes ne retentis-
sent presque d'autre chose.

On l'a accusé 1°, d'avoir nié la
Providence divine. 2°, d'avoir crû
l'ame mortelle. 3°, De s'être moqué de l'enfer. 4°, D'avoir regarde la Religion comme un art de
regner. 5°, D'avoir conseillé à Antipater d'empoisonner Alexandre;
c'est à cause de cela, que l'Empereur Caracalla voulut au rapport
de Xiphilin, faire brûler tous

ses livres, & maltraita ceux de sa
secte qui vivoient à Alexandrie.
6°, D'avoir été gourmand, & Pa-
rasite : c'est apparemment pour le
railler sur ce defaut, que Diogene
disoit : Aristote dîne quand il plaît
» à Philippe, & Diogene quand il
» plaît à Diogene. 7°, de s'être
montré idolatre en ordonnant par
son testament qu'on le déchargeât
d'un vœu qu'il avoit fait pour la
santé de Nicanor, & qu'on fist faire quatre animaux de pierre de
quatre coudées chacun, pour être
placez dans les temples où Jupiter
& Minerve étoient adorez en la
ville de Stagire. Lisez les œuvres
de M. de la Motte le Vayer sur ces
accusations.

Il mourut âgé de 70. ans. On a
parlé diversement de sa mort :
Quelques-uns ont dit qu'il mourut
de colique ; d'autres, que n'ayant
pû comprendre la cause du flux &
du reflux de l'Euripe, il en eut

ant de chagrin, qu'il s'y precipi-
ta; d'autres, qu'ayant été accusé
d'impieté à Athenes par Euri-Me-
don Inquisiteur des mysteres, il en
sortit pour se retirer à Chalcis, où
il s'em poisonna.

Alexandre Necan Docteur An-
glois de l'Ordre de saint Augustin,
a laissé par écrit qu'on croyoit a-
lors qu'il n'y auroit que l'Ante-
Christ qui eût bien entendre les
livres d'Aristote, dont il se servi-
roit pour convaincre ceux qui en-
treroient en dispute contre luy. On
peut dire de ce Philosophe qu'il a
répandu une obscurité affectée exprés en plusieurs endroits de ses
œuvres, comme la seiche jette son
encre pour se cacher, afin que les
opinions qui lui étoient propres,
ne fussent pas facilement recon-
nuës. Themistius assure qu'il en-
seignoit toute autre chose chez lui,
que ce qui se voit dans les livres qu'-
il a laissez au public. On l'a appellé

le genie de la nature , & le fidelle
interprete de ſes ouvrages.

Ceux qui voudront ſçavoir la
differente fortune des ouvrages
de ce Philoſophe dans l'univerſité
de Paris , n'ont qu'à lire le livre intitulé , *Les Philoſophes à l'encan*,
que j'ay donné au public il y a
quelque tems.

DIALOGUE XIV.

HERACLITE, STRATON.

HERACLITE.

JE ne vous appellerois pas un Philosophe fait au hazard, si vous n'aviez point tant accordé de pouvoir & de force au cas fortuit.

STRATON.

Je voy bien que vous me nommez ainsi, pour vous venger de ce que je vous ay appellé le Philosophe tenebreux. Mais faites reflexion que je ne suis pas le premier qui vous aye appellé de la forte, au lieu que vous êtes le feul qui m'ait don.. né le nom de Philofophe fait au hazard.

HERACLITE.

Ce fera tout ce que vous voudrez. Je vous nomme ainfi, parce que vôtre Philofophie me met de fi mauvaife humeur, que je ne puis vous nommer autrement.

STRATON.

Je fuis bien trompé, fi ces larmes que vous verfiez continuellement dans l'autre monde n'étoient pas plûtôt excitées par un fonds naturel d'humeur bourruë & mifantrope, que par des reflexions fur les miferes de la vie humaine,

comme

comme vous prétendez le faire croire. A vous dire le vray, je ne fais pas grande estime de toutes ces vertus de temperament ; l'amour propre , le plaisir , & je ne sçay quelle satisfaction interieure y regnent trop , pour qu'elles soient dignes des mêmes loüanges que meritent celles qu'on pratique en se combattant soy-même. . . . . .

HERACLITE.

Ainsi de Philosophe tenebreux que j'étois selon vous , me voici encore à present un sage hypocrite. Les Sçavans ont des manieres d'agir, & de parler bien mortifiantes , & bien injurieuses pour les au-

I

tres, quand il s'agit de comparaifon. Si je n'étois pas Philofophe aufli-bien que vous,
peut-être me parleriez-vous a-
vec plus d'honnêteté. N'eſt-il
pas vray qu'une égalité de profeſſion eſt un écueil, auquel
échoüent preſque toûjours les
honnêtetez, & les amitiez
mutuelles qui ſe devroient
trouver entre les habiles gens?

STRATON.

Avoüez-donc que c'eſt cette égalité de profeſſion, qui
vous vient de faire dire, que
ma Philoſophie vous mettoit
de mauvaiſe humeur contre
moy, & je vous paſſeray vôtre
propoſition.

HERACLITE.

Finiſſons, je vous prie, un entretien, qui nous déplaît à l'un & à l'autre. Ce n'eſt pas lorſque les Sçavans s'entretien-nent reciproquement d'eux-mêmes, que leur conver-ſation leur eſt la plus agrea-ble; la jalouſie ne le permet pas.

I ij

D'HERACLITE.

HERACLITE étoit d'Ephese ville d'Ionie , aujourd'huy ville de la Natolie sur l'Archipel dans la Turquie en Asie. Il vivoit vers la 69. Olympiade. Il n'eut aucun Maître , & ne laissa pas cependant de devenir tres-sçavant , parce que ses meditations profondes & continuelles lui furent d'un aussi grand secours pour le faire penetrer dans les sciences les plus difficiles, que les Maîtres les plus habiles lui auroient pû être. Etant jeune, il disoit qu'il ne sçavoit rien; mais étant parvenu à l'âge d'homme , il se vantoit de sçavoir tout.

Son temperament qui étoit fort mélancholique étant joint avec les reflexions qu'il faisoit sur les miseres aufquelles toutes les creatures font fujetes, le rendoit de fi mauvaife humeur, qu'il ne pouvoit rien trouver qui lui fût agréable. Ce font ces miferes qui l'excitoient à verfer par pitié des larmes qu'il ne pouvoit retenir.

Ses ouvrages font fort obfcurs; c'eft pourquoy on l'a appellé le Philofophe tenebreux. Il parloit fouvent par énigmes. En voicy un exemple. Confultant un jour les Medecins fur une hydropifie qu'il avoit, il leur demandoit, s'ils pourroient rendre un tems pluvieux fort ferain?

Voici encore une action qu'il fit, & que l'on peut appeller énigmatique. Ses concitoyens l'ayant prié de leur faire un difcours fur l'union & la concorde civile, il monta en chaire, prit en fa main un verre plein d'eau fraîche, y jetta un peu de farine, & aprés l'avoir remuée, la bût avec l'eau, & s'en

I iij

alla; leur voulant donner à entendre, que se contenter de peu, &
de ce que l'on trouve aisément,
sans desirer des choses superfluës,
c'est ce qui conserve l'union & la
concorde entre les hommes.

Il dit un jour aux Ephesiens, qui
s'étonnoient de le voir joüer aux
osselets avec des enfans, qu'il aimoit mieux faire cela, que de se
mêler de leurs affaires.

Il disoit que les loix étoient les
rempars des villes. Il vouloit qu'-
on chassât Homere des Colleges
à coups de soufflets.

Il mourut dans un fumier, où il
s'étoit enseveli jusqu'au col, pour
se guerir de son hydropisie. Quelques-uns disent que des chiens le
prenant dans ce fumier pour quelque bête, le déchirerent, & le mi-
rent en pieces.

Selon luy, 1°, les hommes pendant qu'ils veillent n'ont qu'un
monde commun à tous, & quand

ils dorment, ils ont chacun le fien.
2°, Les hommes font des Dieux
mortels, & les Dieux, des hommes immortels. 3°, Le Soleil n'ofe-
roit à caufe des furies paffer les
bornes qui lui font données. 4°,
Rien dans ce monde n'eft en repos, parce que c'eft le propre des
morts. 5°, Toutes chofes fe font
par deftinée. 6°, Les étoiles fe
nouriffent des exhalaifons qui
montent de la terre. 7°, Le foleil
eft large comme le pied d'un homme, il eft de la forme d'une na-
celle, boffu par deffous, & fon
éclipfe fe fait, quand le côté qui
eft boffu fe tourne vers nous. 8°,
La Lune eft une terre environ-
née de broüillards, fa figure & fon
élypfe font comme celles du foleil.
9°, Le foleil fait le flux & le reflux,
& excite les vents.

DE STRATON.

STRATON furnommé le Phi-
ficien , Precepteur de Ptolomée Philadelphe , & difciple de
Theophrafte le Peripateticien é-
toit de Lampfaque. Il fucceda à
l'échole de Theophrafte vers la
123. Olympiade.

Selon lui, 1º, ce qui eft felon la
nature fuit ce qui eft felon la fortune, parce que le cas fortuit a
donné le commencement, & puis
tous les effets naturels l'ont fuivi.
2º, La concurrence des atomes
d'Epicure par le vuide pour s'ac-
crocher les uns aux autres, étoit
plûtôt un fonge de Democrite,
qui defiroit que la chofe fût telle,
que la doctrine d'un homme bien
entendu. 3º, La principale partie

de l'ame fait sa residence entre les deux sourcils. 4°, Dieu joüit d'une heureuse tranquillité, sans prendre soin de rien ; cela étant tres-raisonnable , puisque ses Prêtres demeurent sans rien faire.

DIALOGUE XV.

ARCHELAUS, PLATON.

ARCHELAUS.

IL est vray que j'ay soûtenu avec trop d'imprudence que ce qui est juste ou injuste, ne l'est que par coûtume. J'avouë ma faute.

PLATON.

Il faut bien que vous l'avoüiez; vous connoissez trop à present la fausseté de vôtre proposition, pour oser encore la soûtenir.

ARCHELAÜS.

Vous repentez-vous aussi volontiers d'avoir permis de s'enyvrer par devotion aux jours de fêtes du Dieu, qui selon l'opinion de ce tems-là, avoit pour employ particulier de donner le vin aux hommes?

PLATON.

J'en suis fâché, parce que cela gâte un peu le surnom de Divin qu'on m'avoit donné.

ARCHELAÜS.

Avoüiez que si toutes les loix de cette nouvelle Republique que vous vouliez établir, avoient été aussi commodes que cette permission, vous l'eussiez vûë bien-tôt tres-florissante, & fort peuplée.

I vj

PLATON.

Penſez-vous que j'aye ſerieu-
ſement eſperé voir un jour ma
Republique établie ?

ARCHELAUS.

Je le penſe , parce que vous
en avez trop bien parlé pour
le croire autrement.

PLATON.

Eſt-ce qu'on parle quelquefois mal des inventions de ſon
eſprit ? Et vouliez-vous , qu'a-
prés avoir inventé de ſi beaux
reglemens , & de ſi extraordinaires ordonnances , j'allaſſe
faire croire qu'il étoit tres-difficile , pour ne pas dire , impoſſible de les mettre en pratique ?

ARCHELAUS.

Moy ! Je ne veux point cela ;
mais je voudrois seulement
que les Sages & les Divins
comme vous, songeassent plûtôt à enseigner ce qu'on doit
faire, & les moyens de le mettre en pratique, qu'à dire des
choses extraordinaires. Je voudrois, dis-je, qu'ils ne prissent
pas des voyes écartées, pour
se singulariser, & pour s'acquerir de l'estime.

PLATON.

Quand on suit le chemin
battu, on marche bien unie-
ment, & avec bien peu de
gloire.

ARCHELAUS.

Quand on prend un chemin

écarté, & inconnu, on se met en danger de s'égarer, & par conséquent, de n'arriver point au but qu'on se propose. Je vous renvoye dans vôtre Republique, pour sçavoir si ce que je dis est vray.

PLATON.

Permettez-moy donc du moins de douter de ce que vous dites, jusqu'à ce que je l'aye établie.

ARCHELAUS.

C'est-à-dire, que vous voulez toûjours en douter.

D'ARCHELAUS

ARCHELAUS étoit d'Athe-
nes felon quelques-uns , ou
de Milet felon d'autres. Il vivoit
vérs la 84. Olympiade, fut difciple d'Anaxagoras , & maître de
Socrate. C'eft le premier qui a
défini la voix , un frappement de
l'air.

Il admettoit le froid & le chaud
pour principes de toutes chofes; &
foûtenoit que ce qui eft jufte ou
injufte, ne l'eft que par coûtume.
Il difoit que les fleches tirées du
corps humain , & mifes avant qu'-
elles ayent touché la terre, fous
le lit d'une femme, l'excitent à aimer celuy qui les y a mifes.

DE PLATON.

PLATON nâquit à Athenes vers la 87. Olimpiade. Il comptoit des Roys parmi ſes Ancêtres, il y en a eu qui ont crû que ſa mere l'avoit conçu par un effort d'imagination en voyant la ſtatuë d'Apollon, parce qu'il lui reſſembloit ; d'autres ont dit qu'il étoit fils d'une Vierge & d'Apollon. On diſoit encore qu'un eſſein d'abeilles ſe repoſa ſur ſon berceau, & fit du miel ſur ſes levres, ce qu'on prit pour preſage d'une grande éloquence.

Il compoſa dans ſa jeuneſſe quelques Tragedies, & quelques Odes qu'il fit brûler dans la ſuite, lorſqu'il eut commencé à s'appliquer à la Philoſophie ; il étudia

fous Socrate, & il fe rendit fi habile, qu'il devint chef de la fecte
des Academiciens, ainfi appellée,
à caufe qu'il donnoit fes leçons
dans un faux-bourg d'Athenes en
la maifon d'un nommé Academus.

Il avoit le front fort large, &
la voix fort mince.

Socrate fongea en dormant la
veille du jour que Platon le vint
trouver pour être fon difciple,
qu'il tenoit en fon fein un petit
Cigne qui commençoit à jetter fes
plumes, & que dans la fuite fes aî-
les étant devenuës fortes, il chantoit melodieufement en s'élevant
dans les airs. Le jour fuivant Socrate dit à fon pere, lorfque Platon lui fut prefenté, que c'étoit là
le Cigne qu'il avoit vû.

L'étude de la mufique fut pour
luy une occupation fort ordinaire
auffi-bien qu'un divertiffement ;
la peinture le divertiffoit auffi. Sa
doctrine fut trouvée fi agreable &

ſi belle , que quelques Dames ſe
déguiſerent en homme, & étudie-
rent dans ſon échole ſans être re-
connuës pour femmes , tant elles
avoient ſoin de déguiſer leur ſexe ,
afin de ne pas perdre l'occaſion de
ſe rendre habiles dans ſa Philoſophie ; il a le premier fait des ouvrages par Dialogues.

Il a porté trois fois les armes,
& s'eſt fort bien acquité de cette
fonction. Etant allé en Sicile pour
voir cette iſle, & des coupes antiques ; il eut quelques conferences
avec Denis le Tyran fils d'Hermo-
crate. Un jour ayant dit en ſa preſence qu'une choſe qui n'eſt utile
qu'à ſoy-même, n'étoit pas beaucoup loüable , ſi on ne tâchoit pas
de ſurpaſſer les autres en vertu plûtôt qu'en puiſſance tyrannique,
Ce tyran ſe ſentant piqué , lui re-
» partit en colere , Tes diſcours
» ſont des raiſonnemens d'un viei'
» lard qui radotte: & les tiens ſen-

rent la tyrannie, lui repliqua Pla- «
ton ; Denys fut si irrité de cette «
replique, qu'il l'eût fait tuer sur le
champ, sans Dion, & Aristomene
qui l'en empêcherent par leurs
prieres. Il se contenta de le donner
à Polydes Lacedemonien Ambas-
sadeur vers lui, pour le vendre à
qui il voudroit, Polydes le mena
en Egine & le vendit.

Etant sorti de son esclavage, il
s'addonna à la Philosophie, il fit
plusieurs voyages ; entre ces voyages, on remarque celui qu'il fit en
Egypte afin d'y conferer avec les
Sçavans de ce pays. On dit que
pour gagner de quoy fournir aux
frais de ce voyage, il fit trafic
d'huile en chemin.

Sa science & sa sagesse l'avoient
mis en telle estime dans l'esprit de
tout le monde, qu'étant allé aux
jeux Olympiques, tous ceux qui y
assistoient, se leverent pour le voir,
comme s'il eût été un Dieu ; on l'a

surnommé le Divin.

Il croyoit l'ame immortelle, mais avec metempſycoſe, il en fit un traité qu'il lut publiquement; mais il n'y eût qu'Ariſtote qui l'écouta juſqu'à la fin, comme ſi lui ſeul eût été capable de goûter les ſçavantes choſes qui ſont contenuës dans cet ouvrage.

On ne l'a jamais vû rire que tres-ſobrement.

Il aimoit beaucoup les figues.

C'eſt luy qui le premier donna entrée dans Athenes aux livres d'un Mimographe appellé Sophron: ces livres ſe trouverent après ſa mort derriere ſon chevet, & il y a apparence qu'il s'en ſervoit pour apprendre à compoſer ſon exterieur, lorſqu'il parloit en public; car il étoit ſi exact, qu'il faiſoit attention ſur les plus petites choſes, étant perſuadé que plus on étoit expoſé à la vûe de tout le monde, plus on eſt examiné, & par conſequent plus on doit ſe regler, & ſe mettre dans l'ordre.

Il a ſuivi pour ſa Philoſophie He-raclite dans les choſes ſenſibles, Pythagore dans les choſes intelli-gibles, & Socrate dans la morale.

On l'a accuſé 10, D'avoir trop aimé un jeune homme appellé E-toile qui étudioit l'Aſtrologie avec lui, Dyon, Phedre, Alexis, & une Colophonienne. 2°, D'avoir fait des voyages auprés de Denis en Sicile, plûtôt par avarice, & par gourmandiſe, que par une loüa-ble curioſité. 3°, De mêler des menſonges dans ſes ouvrages, com-me quand il fait combattre Socra-te en trois diverſes rencontres, dont les Orateurs & les Hiſtoriens de ſon tems, comme Iſocrates & Thucidide n'ont point parlé. Mon-ſieur de la Motte le Vayer fait ſes efforts pour prouver que toutes ces accuſations ſont injuſtes.

Voicy quelques-unes de ses opinions, dont il n'est pas si aisé de le justifier; c'est quand il dit que les maîtres ont le pouvoir de tuer leurs serviteurs; que les femmes doivent être communes, parce que le bien selon sa nature doit être rendu autant commun, & autant diffus qu'il peut être, & qu'il est permis de s'enyvrer aux jours des fêtes du Dieu Donne-vin.

Mais il faut luy rendre justice en avoüant qu'il a donné dans ses ouvrages, & par ses exemples, plusieurs avis que l'on peut suivre avec sûreté pour la conduite des mœurs; par exemple, étant un jour en colere contre un de ses esclaves, il appella le fils de sa sœur, & lui dit: Va, je te prie, châtier ce méchant, parce que je ne le veux pas châtier moy-même dans ma colere. Un autrefois il demeura long-tems le bâton levé sur le même esclave, disant : *Je châtie Platon.*

Pour gagner fon neveu Speu-
fippus qui fe laiffoit emporter par
la débauche, il avoit foin de lui
donner bon exemple, de lui parler avec douceur, d'attirer fa con-
fience, & de le recevoir chez lui,
lorfque fes pere & mere qui
crioient toûjours aprés lui, le chaf-
foient de leur maifon; il obtint par
cette conduite l'effet qu'il en avoit
efperé.

Il défendoit la pêche, à caufe
que dans cette occupation on ne
fait aucune épreuve de hardieffe,
ni aucun exercice d'efprit, de vi-
teffe, d'adreffe, & de force de
corps.

Selon lui, nôtre vie eft femblable au jeu de dez, où il faut que le
dé dife bien, & que le joueur ufe
bien de ce qui fera échu au dé : le
premier ne dépend pas de nous, le
fecond en dépend.

Il confeille aux nourrices de ne
pas conter indifferemment toutes

fortes de fables aux enfans, de peur
que leur ame se nourissant dans cet
âge tendre, de folies, & de mau-
vaises opinions, elle n'en soit cor-
rompuë pour tout le reste de la vie.

Il conseille encore à ses concitoyens d'ôter de la Republique
ces mots, *le mien, le tien* ; à ceux
qui veulent se rendre habiles, de
ne pas trop dormir, & de ne pas
trop se fatiguer, parceque ces deux
excez sont contraires au progrez
qu'on peut faire dans les sciences ;
à tous les hommes, d'être persua-
dez que leur fin, c'est de se rendre
semblables à Dieu, de ne point e-
xercer le corps sans l'ame, ni l'a-
me sans le corps, mais de les traiter
comme deux chevaux attellez à un
même timon, & de craindre plus
les choses honteuses, que les dangers & les travaux.

Il disoit 1º, que la colere est un
nerf de l'ame qu'on peut lâcher &
tendre,

2º,

2⁰, Que c'eſt une extrème in-
juſtice de faire ſemblant d'être
juſte quand on ne l'eſt pas.

3°, Que l'amant eſt ſi flateur de
ce qu'il aime, que ſi l'objet de ſon
amour eſt camus, il l'appellera a-
greable, s'il a le nez aquilin, il aſ-
ſurera que c'eſt un nez Royal.

4°. Que le Soleil eſt le Roy & le
Maître de tout ce monde ſenſible,
donnant aux choſes viſibles le paroître, le ſubſiſter, & l'être.

5° Que le Philoſophe ne ſçait
rien de ce qui ſe fait, ou de ce
qui s'eſt fait dans la ville, qu'à
peine ſçait-il les ruës par où on va
aux places publiques, ou aux lieux
d'aſſemblées, qu'on ne peut dire
à la verité que ſon corps ne ſoit
dans la ville, (encore n'y eſt-il
que comme étranger:) mais que
ſon eſprit parcourt, & meſure les a-
biſmes de la terre, & le ſommet des
cieux, & approfondit tout ce qu'il
y a de plus ſecret dans la nature.

K

6°, Que sa reputation lui servi-
roit de tombeau , & qu'il n'y en a-
voit point de plus magnifique.

En chassant les Poëtes de sa
» Republique, il disoit : *Donnons*
» *leur des couronnes , mais que ce soit*
» *pour les chasser honorablement de*
» *nôtre Etat.*

Quelques gens de l'Isle de Delos luy ayant demandé , comme à
un habile Geometre , l'explication d'un Oracle qui disoit que les
miseres des siens & autres peuples de la Grece , cesseroient ,
quand ils auroient doublé l'autel
du temple de Delos , il l'expliqua
en faveur des sciences , & particulierement de la Geometrie , dont
il leur recommanda l'étude , pour
trouver deux lignes moyennes
proportionnelles , qui est le seul
moyen de doubler un corps quarré , en augmentant également
toutes ses dimensions.

Quand les Cireniens lui demanderent des loix, il leur dit qu'il ne vouloit point leur en donner, par-ce qu'ils étoient trop riches.

Il a laissé par écrit une seule for-me de gouvernement, & n'a pû persuader à un seul homme de la suivre, tant elle a été trouvée au-stere.

Un de ses intimes amis nommé Antiphane, disoit quelquefois en riant, qu'il y avoit une ville là où les paroles se géloient en l'air aus-si-tôt qu'elles avoient été pro-noncées, & que pendant l'été s'é-tant degelées, elles se faisoient en-tendre, comme si l'on ne venoit que de les prononcer ; aussi disoit-il, la plufpart des jeunes gens qui « viennent écouter Platon, ne le « comprennent pas : mais quand « ils seront vieux, ils comprendront « entierement ce qu'ils lui auront « entendu dire pendant leur jeu-nesse.

Ciceron avoit si bonne opinion

K ij

des sentimens de ce Philosophe:
qu'il écrit hardiment ces mots,
J'aimerois mieux me tromper avec
Platon, que de rencontrer la verité
avec les autres Philosophes.

Selon Platon 1o, il y a trois principes, Dieu, la matiere & l'idée,
Dieu comme entendement uni-
versel ; la matiere comme premier
sujet supposé à la generation, & à
la corruption; l'idée comme substance incorporelle étant en la
pensée & entendement de Dieu
qui est l'entendement du monde.
2o, Il y a trois sortes de causes , à
sçavoir, par quoy, de quoy, pourquoy. 3°, La couleur est une flam-
me sortant des corps ayant des par-
celles proportionnées à la vûë.
4°, Le lieu est ce qui est susceptible
des formes les unes aprés les autres. 5°. Le tems est l'image mobile
de l'éternité , ou l'intervale du
mouvement du monde. 6°, L'essence du tems est le mouvement du

ciel, il a été engendré selon l'intelligence & la reflexion des hommes. 7°, La substance de la destinée est la raison & la loy éternelle de la nature de l'Univers. 8°, La fortune est une cause par accident, & une conséquence de choses procedentes du conseil de l'homme. 9°, Le monde se donne à soy-même nourriture de ce qui se corrompt par mutations. 10°, Il n'y a rien de vuide ni dans le monde, ni hors du monde. 11°, La plûpart des étoiles sont de feu, & elles participent des autres élemens qui leur tiennent comme lieu de colle. 12°, Le sentiment est une societé du corps & de l'ame par les choses exterieures. 13°, Le corps est ce qui n'est ni pesant, ni léger, étant en son propre lieu naturel ; mais étant en lieu étranger, il a premierement inclination, & puisaprés impulsion à pesanteur, ou à legereté.

Ceux qui voudront sçavoir tous

les sentimens de ce Philosophe sur les trois parties de la Philosophie, n'ont qu'à lire ses ouvrages , ou bien Plutarque dans son traité des differentes opinions des Philoso-phes.

Platon mourut âgé de 81, an au milieu d'un banquet qu'il faisoit à ses amis le jour de sa naissance. Quelques-uns disent que la ver-mine le fit mourir.

DIALOGUE XVI.

BION, AVERROES.

BION.

J'ADMIRE vôtre bon-heur.
AVERROES.
En quoy?
BION.
C'est, de ce que, sans sçavoir de Grec, vous avez tra-
vaillé sur Aristote avec tant de
succez, que vous avez eu la
gloire d'être nommé par excellence son Commentateur.
AVERROES.
J'ay encore plus de sujet

K iiij

d'admirer vôtre bonheur, que
vous n'en avez d'admirer le
mien, puifque le vôtre regarde une chofe de la derniere
confequence.

BION.

Je fonge en quoy confifte
ce grand bon-heur; mais je ne
le trouve point ; apprenéz-le
moy donc, je vous prie.

AVERROES.

Ce bonheur ; c'eft de ce
qu'aprés avoir été impie, a-
thée, prefomptueux, impu-
dent, gourmand, vous eûtes
affez de raifon, de prudence,
& de vertu, dans une dange-
reufe maladie qui vous acca-
bloit, pour reconnoître vos
defordres, & en demander

par-do-n aux Dieux.

BION.

Quoy ! on dit cela de moy ?

AVERROES.

Eſt-ce que vous ne le ſça-
vez pas ?

BION.

Je vous aſſûre que je n'en
ſçavois rien.

AVERROES.

Du moins deviez-vous vous
en douter : car cette action eſt
trop éclatante , & trop peu ordinaire pour n'être pas remar-
quée , & pour être oubliée
quand on la ſçait. Mais cette
ignorance dans laquelle vous
êtes de ce qu'on dit de vous là-
deſſus , ne vient-elle point de
ce que la choſe n'eſt pas com-

K v

me on l'a dite?

BION.

A ce que je vois, vous étes
fi habile en commentaire,
que vous voulez en faire auffi
fur cette action, quoy que
vous n'en fçachiez pas plus toutes les circonftances, que le
Grec des ouvrages d'Ariftote.

AVERROES.

Comme vous avez toûjours
aimé les bons mots, vous voulez détourner une demande
fort ferieufe, par une railleufe
repartie; mais quelque chofe
que vous difiez, je croy ne
point faire de jugement te-
meraire, fi je m'imagine que
ce repentir à l'heure de vôtre
mort, n'étoit pas de meilleure

foy, que celuy d'une infinité de gens qui viennent tous les jours de l'autre monde dans ces pays-cy, & qui en mourant avoient un regret de leurs fautes, parce qu'ils croyoient qu'ils ne feroient plus en état de les commettre, & tournoient les yeux du côté des Dieux, parce qu'ils remarquoient que s'ils les avoient tournez du côté du monde, ils n'y auroient remarqué qu'indifference, & abandonnement à leur égard. Enfin il y en a même qui avoüent icy avec fincerité, qu'ils n'ont montré de la vertu & de la pieté en mourant, que pour menager leur reputation, &

laisser du moins une bonne idée d'eux en quittant le monde.

BION.

Ne vous ais-je pas dit que vous avez le plus beau talent qu'on ait jamais eu pour faire des commentaires ? C'est un caractere de vôtre esprit que vous ne démentirez jamais.

AVERROES.

Quoy vous plaisantez encore sur une matiere si serieuse ! avoüez de bonne foy que vous agissez de la sorte, parce que vous ne sçavez que me répondre.

DE BION.

BION étoit de Boristhenes en Scythie, vivoit vers la 126. Olympiade, & étudia sous Cratés & sous Theophraste.

Son pere ayant fait quelque faute contre le droit des Peagers, il fut vendu avec toute sa famille. Un Orateur acheta Bion, & en mourant lui laissa tous ses biens. Bion déchira & brûla tous ses procez, & toutes ses écritures, puis s'en alla à Athenes, pour y étudier la Philosophie. Il passoit pour être subtil Sophiste. Eratosthenes dit que c'est le premier qui a orné la Philosophie d'un habit parsemé de diverses fleurs cueillies au jardin des Orateurs. Il mêloit dans ses leçons des discours gaillards, & qui faisoient rire.

On l'a tenu pour un impie, pour un Athée dans ses discours, & pour un homme rempli de son merite ; on dit même qu'il excitoit quelques-uns de ses disciples à des manieres d'agir impudentes. La bonne chere étoit un des plaisirs qui lui étoit le plus agreable.

Quelques-uns remarquent que ce Philosophe étant tombé dans une maladie dangereuse, il rentra en lui-même, reconnut ses crimes, & en demanda pardon aux Dieux.

Il aimoit la musique, la poësie, & les bons mots.

Il disoit 1°, que la femme laide fait mal au cœur, & que la belle fait mal à la tête.

2°, Que l'on a profité dans l'étude de la sagesse, quand on entend aussi volontiers les injures, que les loüanges.

3°, Que si Dieu punissoit les enfans des méchans, il feroit comme un Medecin, qui pour guerir un

pere, ou un grand-pere, appli-
queroit sa medecine au fils, ou au
petit-fils.

4°, Que de même, que si à force de loüer il pouvoit rendre une
terre grasse & fertile, il ne feroit
point de mal en la loüant, plûtòt
que de prendre la peine de la la-
bourer; aussi ne pêcheroit-il point
en loüant un homme, si par ses
louanges il se le rendoit utile.

5°, Que ceux qui s'adonnent à la
Poësie & à la Rhetorique ne pouvant parvenir à la Philosophie,
sont semblables aux amans de Pe-
nelopé, qui ne pouvant jouir d'elle
s'adressoient à ses servantes.

6°, Que les flateurs font des
pots à deux anses.

7°, Que la vieillesse est un port
où tous les maux se viennent rendre.

8°, Que la gloire est la mere des
années.

9°, Que les richesses font les

nerfs des affaires.

10°, Que c'est un grand mal, que de ne pouvoir supporter le mal.

11°, Que le chemin d'enfer est facile à trouver, puisqu'on y va les yeux fermez.

12°, Que l'arrogance empêche de parvenir.

13°, Qu'un avare n'est pas maî-tre de son bien ; mais que son bien est maître de luy ; qu'il est en sou-cy de ses richesses comme luy ap-partenant, & qu'il s'en sert comme si elles ne lui appartenoient pas.

14°, Que nous nous servons en nôtre jeunesse de nos forces , & en nôtre vieillesse de nôtre prudence.

15°, Qu'il n'y en a point qui ayent plus de peine que ceux qui n'en veulent point prendre.

16°, (En parlant des richesses :) Qu'il ne falloit pas faire état des choses que le hazard donne , que le vice conserve , & que la vertu dissipe , (*la fortune , l'avarice,*

& la liberalité.)

17°, Que ceux qui font dans les grandeurs font femblables à ceux qui marchent dans des lieux gliffans, & qui font toûjours prêts à tomber.

18°, Que la beauté eft le bien d'autruy , (*parce qu'on n'eft pas à proprement parler , beau pour foy, mais pour les autres.*)

19°, Que la prudence tient lieu de valeur aux vieillards.

Il dit à un prodigue qui avoit mangé fes terres: La terre a au- « trefois englouti Amphiaraus : « mais pour toy, tu as englouti la « tienne.   «

Voyageant fur mer avec quel- ques méchans , & étant tombé a- vec eux entre les mains des Cor- faires, ceux-là dirent: Nous fom- « mes perdus , fi on nous recon- « noît; & moy je le fuis, fi on ne « me reconnoît pas , leur dit-il.

Ayant rencontré un envieux ex-

tremement triste, il dit à ceux qui
» étoient avec luy : On ne sçait
» s'il est arrivé du mal à cet hom-
» me, ou s'il est arrivé du bien
» aux autres.

D'AVERROES.

AVERROES Medecin Ara-
be florissoit à Cordoüe en
Espagne vers l'an de J. C. 1150.
C'étoit un homme fort pene-
trant & fort laborieux. Il passoit
pour n'avoir aucune Religion. Il
disoit qu'il aimoit mieux que son
ame fût avec les Philosophes,
qu'avec les Chrêtiens. Il appelloit
la Religion des Juifs, une Religion d'enfans, à cause de ses differens preceptes, & de ses observations legales; celle des Turcs, une
Religion de pourceau ; & celle
des Chrêtiens, une Religion im-

possible, à cause de l'Euchariſti:.

Il a eu la gloire d'être appellé par excellence le Commentateur d'Ariſtote, quoy qu'il n'entendît pas le Grec.

a-
en

le-
oit
Il
ſon
es,
loit
eli-
ffe-
rva-
une
:elle
im-

***

DIALOGUE XVII.

COPERNIC, DEMOCRITE.

COPERNIC.

QUAND j'ay asſuré que le Soleil eſt immobile, & que la terre tourne, je n'ay rien avancé de nouveau ; d'autres l'ont dit avant moy?

DEMOCRITE.

L'opinion contraire s'étoit ſi fortement établie, & ſi univerſellement repanduë, que l'on avoit preſque oublié que d'autres euſſent déja avancé ce que vous diſiez ; de ſorte

que vôtre sentiment paroiſſoit
tout-à-fait nouveau. Or les
nouveautez trouvent bien des
obſtacles , quand il s'agit de
les établir; elles ont en tête une
grande ennemie à combattre.

COPERNIC.

Comment appellez-vous
cette ennemie?

DEMOCRITE.

C'eſt la prévention.

COPERNIC.

Il eſt vray que la prévention chaſſe ſouvent la verité.

DEMOCRITE.

C'eſt pourquoy , comme
j'ay remarqué que cette prévention ſe trouve par tout où
il y a des hommes , j'ay dit
que la verité s'étoit cachée

au fonds d'un puits.

COPERNIC.

Apparemment , afin de se
dérober aux insultes de la prévention ?

DEMOCRITE.

C'est justement selon moy,
pour cela qu'elle a fait cette
retraite.

COPERNIC.

Vous eussiez pû la mieux loger.

DEMOCRITE.

La placer dans le vin , par
exemple ?

COPERNIC.

Non ; mais dans quelqu'un
de ces mondes que vous prétendez être en nombre infini.

DEMOCRITE.

Mais , comme je prétendois

aussi que ces mondes pouvoient être habitez par des gens semblables à ceux de celuy-ci , je croyois que je ne l'aurois pas mieux logée que j'ay fait.

COPERNIC.

Quoy qu'il en soit , je ne trouve rien qui soit digne d'un homme raisonnable & habile, de placer la verité au fonds d'un puits.

DEMOCRITE.

N'est-ce point que vous prétendez que je la devois loger dans vos écrits?

COPERNIC.

Je vous renvoye à la plûpart des habiles gens qui ont pris le party de ces écrits , pour vous répondre.

DEMOCRITE.

Je me doutois bien que vous regardiez vos intérêts, dans le defir que vous avez de bien placer la verité.

DE

DE COPERNIC.

COPERNIC tres-celebre Philofophe, Mathematicien, & Medecin nâquit à Thorn ville de la Pruffe Royale en 1473. Il fut Chanoine de Varmie, & profeffa les Mathematiques à Rome. Son application principale fut à l'Aftrologie ; il renouvella l'opinion de Nicetas de Syracufe, qui enfeignoit que rien dans la nature n'étoit en repos, que le Soleil. En effet il affûra que le Soleil étoit immobile, & la terre mobile. Voicy fon fyfteme.

Le Soleil eft placé au centre du monde, & eft immobile. Mercure qui eft la planete la plus proche du Soleil, fait fon mouvement autour de cet aftre dans l'efpace de

L

trois mois. Venus a aussi son mouvement autour du Soleil dans un cercle qui enferme celuy de Mercure, & fait sa révolution en sept mois & demi. La terre se meut aussi autour du Soleil dans un cercle qui environne celuy de Venus, & accomplit son mouvement en un an; elle a encore un autre mouvement qui se fait en 24. heures à l'entour de son axe, & c'est ce mouvement qui fait le jour & la nuit. La Lune tourne autour de la terre, sa revolution dure environ 27. jours. Mars se meut dans un quatriéme cercle qui contient celui de la terre, & a le Soleil pour centre; son mouvement s'accomplit à peu prés, en deux ans. Jupiter est au dessus de Mars, se meut autour du Soleil, & acheve son mouvement en douze ans, ou environ. Saturne est la plus élevée de toutes les planetes; son circuit autour du Soleil, s'acheve dans l'espace d'environ 30. années. Le ciel des étoiles est immobile, & est scitué au dessus du cercle de Saturne.

Copernic mourut âgé de 60. ans.

DE DEMOCRITE.

DEMOCRITE étoit de Milet ville d'Asie ; cependant il fut surnommé Abderitain à cause d'Abdere ville de Thrace, où il vécut long-tems.

Il rioit toûjours, & ce ris étoit fondé sur une profonde meditation de nôtre foiblesse, & de nôtre vanité tout ensemble, qui nous fait concevoir mille desseins ridicules dans ce monde, où, selon luy, toutes choses dépendent du hazard, & de la rencontre fortuite des atomes.

On dit qu'il s'aveugla exprés

L ij

en regardant fixement un baſſin d'airain éclairé du Soleil, afin de mieux mediter.

Un jour ayant mangé une figue qui avoit le goût de miel, il demanda à ſa ſervante où elle l'avoit achetée; elle lui nomma un certain verger, où elle aſſûra qu'on l'avoit cueillie. Lui ſe levant auſſi-tôt de table, lui commanda de le mener promptement dans ce verger. Sa ſervante étonnée de cet empreſſement lui en demanda le ſujet; c'eſt, luy dit-il, qu'ayant vû ce lieu, je feray en ſorte de trouver par ma ſcience, & par mes raiſonnemens la cauſe de la douceur de cette figue. Sa ſervante ſe » prenant à rire; Là là, Monſieur, » lui dit-elle, demeurez icy en » repos, il n'eſt pas neceſſaire que » vous alliez ſi loin, je m'en vais » moy-même vous apprendre » pourquoy cette figue eſt ſi douce; » C'eſt, luy ajoûta-t-elle, que je

l'avois mise sans y penser dans un «
vaisseau, où il y avoit du miel. «
Ah ! que tu me fâches, luy repar- «
tit Democrite, de me dire cela ı
cependant, quoy qu'il en soit, «
luy ajoûta-t-il, je ne quitteray «
point mon dessein ; je vais cher- «
cher la cause de cette douceur, «
comme si elle venoit de la figue «
même. «

Il avoit un si grand mépris pour
la gloire, que ne se souciant point
du commerce des hommes, ni de
tous les honneurs que sa science
eût pû luy faire meriter auprés
d'eux, il ne frequentoit ordinairement que les tombeaux, & les
lieux les plus solitaires.

Les richesses luy étoient fort
indifferentes. Il consuma dans ses
voyages tout ce qu'il avoit de
bien, & fut reduit à une telle pauvreté, que son frere Damasus fut
obligé de le nourrir. Craignant
d'être privé de sepulture, selon la

loy, à cause qu'il avoit confumé fon patrimoine, il *prononça* en public celuy de fes ouvrages, qu'il croyoit le plus excellent, (c'eft fon grand Diacofme.) Cet ouvrage eut une approbation fi generale, qu'il luy merita, pour recompenfe, trois cens dix mille écus, des ftatuës d'airain pendant fa vie, & une honorable fepulture aprés fa mort.

Hypocrate luy ayant apporté du lait, lorfqu'il étoit malade, il devina que c'étoit de la premiere portée d'une chevre noire. Il devina auffi qu'une fille étoit vierge à la voir feulement; & le lendemain il affûra, qu'elle ne l'étoit plus, ce qui fe trouva vray.

On dit qu'avant que de mourir, il prolongea fa vie de trois jours en tirant par le nez l'odeur d'un pain chaud; ce qu'il fit, afin de donner le tems à fa fœur d'affifter aux ceremonies de Cerés, & à fa mort. Il a vécu 109. ans.

Il disoit 1°, que si le corps faisoit un procez à l'ame, & l'appelloit en justice pour reparation de dommage, jamais elle ne se sauveroit, qu'elle ne fût condamnée à l'amende.

2°, Qu'il n'y a point de grands Poëtes sans quelque fureur extraordinaire.

3°, Que la contemplation des entrailles des animaux sert plûtôt à connoître la bonté, ou la corruption de l'air, que l'Astrologie.

4°, Que la verité est cachée au fonds d'un puits.

5°, Que la science militaire est la plus belle de toutes les sciences.

6°, Qu'il étoit arrivé à une extrême vieillesse, en ne donnant rien à la volupté.

Selon luy 1°, les atomes & le vuide sont les principes de toutes choses. 2°, Il y a une infinité de mondes sujets à generation, & à corruption. 3°, Il sort des images

L iiij

des yeux de ceux qui font envieux ou Sorciers, lefquelles s'attachent aux enviez, & les troublent. 4°, Les mondes qui periffent hors de celuy-ci, produifent fouvent les caufes des peftes & des accidens extr ordinaires. 5°, Dieu eft l'ame du monde, & un entendement de nature de feu. 6°, La terre eft platte comme un baffin, & creufe au milieu. 7°, Les bêtes brutes ont plus de fens que les hommes, & leur donnent de grandes inftructions.

Il mourut vers l'an 392. de Rome,

DIALOGUE XVIII.

THALES, DIODORE.

THALES.

IL faut que vous ayez été bien sensible aux railleries, puisqu'une petite que vous fit un Roy sur vôtre nom, vous donna tant de chagrin que vous en mourûtes.

DIODORE.

J'avoüe que pour vous, vous avez eu une insensibilité pour les railleries qui étoit telle, qu'elles ne vous ont jamais fait perdre vôtre repos.

L v

THALES.

Quand m'a-t-on donc rail-
lé, dites-le moy, je vous prie?

DIODORE.

Quoy! vous avez oublié le
bon mot de vôtre fervante,
qui vous voyant tombé dans
un foffé, lorfque vous regardiez attentivement les aftres,
fe moqua de la préfomption
dans laquelle vous étiez, en
vous imaginant que vous
pourriez aifément connoître
ce qui fe paffoit dans les cieux,
pendant que vous ne fçaviez
pas même ce qui étoit à vos
pieds? J'ay toûjours regardé la
raillerie de cette femmelette,
comme une inftruction tres-
judicieufe pour de certains

grands hommes, qui ont plus
de foin de fçavoir ce qui ne les
regarde pas, & ce qui leur eſt
inutile ; que ce qui eſt de leur
devoir, & ce qui les touche de
plus prés. Auſſi leur arrive-t-il
la même choſe qu'à vous. Ils
tombent de leur état, parce
qu'ils s'en font écartez pour
s'occuper d'autre choſe. J'ay
remarqué étant dans l'autre
monde, qu'il n'y avoit rien de
plus ordinaire que cette conduite.

THALE'S.

Et moy j'ay regardé vôtre
mort, comme un effet qui doit
apprendre aux hommes, qu'il
arrive ſouvent, que quelque
plaiſante que paroiſſe la raille-

rie, & quelques patiens que semblent être ceux qui en font les objets, elle les fait toûjours souffrir, & les rend ennemis des railleurs. N'eft-il pas vray que, fi vous euffiez pû vous venger du Prince qui venoit de vous railler, vous ne vous fuffiez pas vangé fur vous-même par un mortel chagrin?

DIODORE.

Croyez-moy, ne parlons point icy de ce qui nous a donné du chagrin là haut. Comme j'ay plus de delicateffe que vous fur cette matiere, je souffre auffi davantage; & ainfi ne m'expofez pas à ces peines par des reffouvenirs fâcheux.

THALES.

Est-ce que vous ne voulez plus me parler de ma servante ?

DIODORE.

Il semble que le recit que je viens de vous faire de ce qu'elle vous avoit dit, vous fait plus de peine, que lorsqu'elle vous le dit à vous-même.

THALES.

C'est qu'elle parloit avec naïveté & sans dessein; & que pour vous, vous ne me parlez de la sorte que pour me chagriner, en vous moquant de moy.

DIODORE.

Ainsi toute la peine que vous ressentez de ce que je vous dis, ne vient que de la reflexion que vous faites. Voilà comme font la plûpart des maux dont les hommes se plaignent, ce ne font que des maux d'opinion.

THALE'S.

Comme est celuy que vous fait le ressentiment que vous avez pour les railleries.

DE THALES.

THALES le premier des sept. Sages de la Grece étoit de Milet. Il nâquit vers la 36. Olympiade, & fut fondateur de la sécte Jonienne, ainsi appellée, parce que Milet est une ville d'Ionie.

Il admettoit l'eau pour principe de l'Univers, à cause que la sémence est humide, que toutes sortes de plantes se desséchent, si elles manquent d'humidité, & que le Soleil même & les astres se nourrissent selon lui, des vapeurs qu'ils attirent des eaux.

Voyant que les Milesiens méprisoient la sagesse, parce qu'ils prétendoient qu'elle ne mettoit personne à couvert de la pauvreté, comme il étoit habile dans l'A-

ſtrologie, il prévit par l'obſerva-
tion des aſtres, que l'année ſeroit
extremément fertile en olives;
c'eſt pourquoy il achéta & loüa
pluſieurs champs plantez d'oli-
viers, & ayant appris par cette
prudente conduite aux Mileſiens
qu'il ne tenoit qu'au Sage d'amaſſer de grandes richeſſes quand il
voudroit, il leur fit en même tems
remarquer que ce même Sage en
eſtimoit bien plus le mépris que la
poſſeſſion.

Sa mere l'excitant à ſe marier
dans ſa jeuneſſe, il lui dit qu'il n'é-
toit pas encore tems; & quand il
fut devenu plus âgé, il dit qu'il
n'étoit plus tems.

Il remercioit ordinairement la
fortune de trois bien-faits; le premier, c'eſt de ce qu'il étoit plûtôt homme que bête; le ſecond,
de ce qu'il n'étoit pas femme; &
le troiſiéme, de ce qu'il étoit Grec
de nation, & non pas Barbare.

Quelqu'un luy ayant demandé pourquoy il ne mouroit pas, à cause que selon luy, la mort n'étoit pas differente de la vie, il répondit : *Je ne me fais pas mourir, parceque la vie & la mort, c'est à peu près la même chose.*

Il disoit 1°, que le moyen de vivre en gens de bien, c'est de ne pas faire ce que nous reprenons dans les autres.

2°, Que la Republique la mieux ordonnée est celle dans laquelle personne n'est ni trop riche ni trop pauvre.

3°, Que la chose la plus difficile, c'est de se connoître soy-même, la plus facile, c'est de conseiller les autres ; la plus ancienne, c'est Dieu ; la plus belle, c'est le monde ; la plus grande, c'est le lieu ; la plus vîte c'est l'esprit ; la plus forte, c'est la necessité ; la plus sage, c'est le tems.

4°, Que la santé est la felicité

du corps, & que la ſcience eſt la felicité de l'eſprit.

5°, Qu'il faut vivre avec nos a- mis comme avec ceux qui peuvent devenir nos ennemis.

6°, Que ce qu'il avoit vû de plus étrange en ſa vie, étoit un vieux Tyran.

7°, Que la verité étoit auſſi éloi- gnée du menſonge, que les yeux l'étoient des oreilles, (*pour mar- quer que ce qu'on voit, eſt plus ſûre- ment vray que ce qu'on entend.*)

8°, Qu'il faut attendre de ſes en- fans ce que l'on a fait à ſon pere.

9°, Que les choſes les plus pé- nibles, s'adouciſſent par la coûtu- me.

10°, Qu'il étoit auſſi facile au Sage de ſe faire riche, qu'il étoit difficile de lui en faire naître l'en- vie.

Ce fut luy qui conſeilla à un Muletier de charger ſon mulet de laines & d'éponges, parce qu'il

avoit remarqué qu'étant chargé
de sel, il se trempoit dans l'eau,
pour se délivrer de sa charge ;
quand il passoit une riviere.

Il montra à mesurer les hauteurs
en observant leur ombre: il en fit
l'épreuve pour prendre la hauteur d'une haute pyramide, en
dressant à plomb un bâton à l'ex-
tremité de l'ombre de cette pyramide, & en faisant deux triangles
avec la ligne que fait le rayon du
Soleil touchant aux deux extremitez, & faisant voir qu'il y avoit
même proportion de la hauteur
de la pyramide à celle du bâton,
que de la longueur de l'ombre de
l'un, à celle de l'ombre de l'autre.

Tout le monde sçait qu'étant
tombé dans un fossé en contem-
plant les astres, sa servante luy
dit : Comment pourriez-vous «
connoître ce qui se passe là-haut «
dans des lieux si éloignez de vous«

» puifque vous ne voyez pas même
» ce qui eft à vos pieds ?

DE DIODORE.

DIODORE furnommé Cro-
nus étoit Jafeen de nation. Ce
fut un tres-fubtil Dialecticien.

Etant un jour chez Ptolomée
Soter, Stilpon lui fit quelques
queftions fur la Dialectique,
aufquelles ne pouvant répondre
fur le champ, il demanda du tems.
Le Roy l'ayant raillé en l'appellant
Cronos, (qui fignifie le tems,) il
fortit en colere, & mourut de regret. D'autres difoient, pour le
railler, qu'il ne s'appelloit plus
Cronos, mais *Onos*, qui fignifie afne.
Callimachus l'a extremement
maltraité dans fes épigrammes.

Il difoit que rien ne fe peut faire
finon ce qui fe doit faire à l'ave-

nir. Chrisippe prétendoit au contraire que plusieurs choses se peuvent faire, qui ne se feront jamais;
comme par exemple, le mont A-
thos taillé de telle sorte, qu'il soit
la statue d'Alexandre le Grand.

DIALOGUE XIX.

DEMONAX, PERIANDRE.

DEMONAX.

QUELQU'UN trouvant au-trefois mauvais de ce que je mangeois du miel, comme un mets trop deli-cieux pour un Philosophe ; sçavez-vous ce que je repar-tis ?

PERIANDRE.
Non.

DEMONAX.
Je demanday à mon Cen-seur, s'il croyoit que la nature

eût fait cette agréable manne pour les fots.

PERIANDRE.

La demande étoit un peu paffionnée.

DEMONAX.

Elle étoit jufte. Il eft bon de repouffer vivement les objections que les gens peu reguliers font fur la conduite de ceux qui font plus réglez. Soûvent les libertins prétendent autorifer les plaifirs criminels, aufquels ils s'abandonnent, en faifant remarquer le s plaifirs innocens que fe donnent quelquefois les perfonnes réglées dans leurs mœurs, & feveres avec équité dans leurs reprimendes. Si vous euffiez pris de la même maniere le party de vôtre femme qui étoit également sage & chaste, vous ne l'eussiez pas tuée avec cruauté, comme vous fîtes, à la sollicitation de vos concubines qui attaquoient sa vertu par leurs médisances.

PERIANDRE.

Je la vangeay bien aussi; car ayant reconnu son innocence, je les fis brûler toutes sans misericorde.

DEMONAX.

Le feu de leur bucher n'a servi qu'à éclairer vôtre injustice envers vôtre femme, & à la faire mieux remarquer. Vous étiez bien violent & bien emporté pour un homme

qui

qui avoit été mis au nombre
des sept Sages de la Grece.

PERIANDRE.

Est-ce que les Sages n'ont
aucune imperfection ? Tous
les Sages ne font-ils pas hommes ? & n'avez-vous pas dit
vous-même, que c'est le propre de l'homme de faillir ?

DEMONAX.

Ouy ; mais j'ajoûtois que
c'est le propre du Sage de pardonner à ceux qui faillent. Je
ne trouve point du tout cette
proprieté là en vous, quand
je remarque vôtre conduite
envers vôtre femme & vos
concubines.

PERIANDRE.

Enfin, quoy qu'il en soit, je
M

suis du nombre des Sages , &
je croy que , quelque chose
que vous fassiez , vous n'aurez pas assez de credit pour
m'en ôter.

DEMONAX.

Si je voulois vous en ôter , ce
seroit pour me mettre , ou
quelques-uns de mes amis , en
vôtre place ; mais je trouve
cette place si peu considerable , que je ne vous inquiete-
ray point pour vous en faire
sortir.

PERIANDRE.

N'est-ce point parce que
mon naturel violent vous fait
peur ?

DEMONAX.

Non, c'est, encore une fois,

parce que je ne me foucie
point d'être appellé Sage de la
Grece.

PERIANDRE.

Vous avez bien mauvais e-
ftime pour ces Sages !

DEMONAX.

Je les eftimeray tant que
vous voudrez, pourvû que je
n'en fois pas du nombre.

PERIANDRE.

Expliquez-vous, je vous
prie ?

DEMONAX.

C'eft qu'un grand nom eft
quelque chofe de bien difficile
à foûtenir.

PERIANDRE.

N'avez-vous point d'autre
raifon que celle-là ?

M ij

DEMONAX.

Qu'en croyez-vous ? Vous me paroiſſez bien défiant ; il ſemble que vous croyez que j'ay quelque autre raiſon de negliger d'être du nombre des ſept Sages de la Grece, par-ce que j'en dois en effet avoir.

PERIANDRE.

Je ne croy rien.

DEMONAX.

Et moy je ne dis plus rien de peur de vous déplaire.

DE DEMONAX.

DEMONAX vivoit dans le premier siecle, & étoit de l'Isle de Cypre, d'une Maison riche & illustre. Il méprisa tout ce qu'il pouvoit esperer des biens de la fortune pour s'adonner entierement à la Philosophie. Il accompagnoit des mœurs fort réglées, d'une grande douceur, d'une gaieté qui le rendoit agreable à tout le monde, & d'une humeur fort paisible envers ceux qui avoient habitude avec luy.

Quelque Sage qu'il fût, il ne laissa pas d'avoir des accusateurs, qui lui reprocherent, comme à Socrate, qu'on ne le voyoit point aux Temples, ni aux Sacrifices, & qu'il ne s'étoit point fait initier aux myſteres d'Eleuſine. Il ſe preſenta hardiement en public pour ſe défendre , & avec la contenance d'un homme qui ne craint rien, il dit qu'il ſe preſentoit avec un chapeau de fleurs ſur la tête , comme on en met aux victimes, afin qu'on pût le ſacrifier ſi l'on en avoit envie; il avoüa qu'il ne ſacrifioit point à Minerve ; mais que ce n'étoit, que parce qu'il ne croyoit pas qu'elle eût beſoin de ſes ſacrifices; & que quant aux myſteres d'Eleuſine , il n'avoit pas deſiré de les ſçavoir , parce qu'il n'eût jamais pû s'empêcher de les publier, ſoit qu'ils fuſſent bons ou mauvais, pour y encourager, ou en détourner les autres. Ce diſcours appaiſa le peuple , & lui fit quitter les pierres qu'il avoit amaſſées pour le lapider.

Demonax prit pour ſon inſtruction tout ce qu'il y avoit de bon dans chacune des ſectes des Philo-

fophes. Il eſtimoit Socrate particulierement , & imitoit Diogene
dans ſon habit , & dans ſa façon de
vivre. Il haïſſoit le vice ſans en
vouloir aux vicieux, & diſoit que
c'eſt le propre de l'homme de faillir , & le propre du Sage de pardonner à ceux qui faillent.

Un Rheteur qui avoit de la reputation diſant un jour en une ha-
rangue : Si Ariſtote m'appelle au
Lycée, j'iray ; Si Platon m'ap- «
pelle à l'Academie, je le ſuivray; «
ſi Zenon m'appelle au Pecile, «
j'y demeureray; ſi Pythagore me «
veut, je me tairay ; Demonax «
s'ennuyant de ce diſcours , luy «
cria : *Pythagore t'appelle.*

Un impoſteur ſe ventant de ſçavoir un ſecret pour avoir tout ce
qu'il vouloit ; il le mena chez un
Boulanger , tira une piece d'argent, la donna au Boulanger, prit
un pain, & dit : *Voilà tout mon ſecret.*

M iiij

Voyant un Devin qui prenoit de l'argent pour dire la bonne a-vanture : *Si tu peux changer*, dit-il, *l'ordre des destins , on ne te sçauroit trop donner ; sinon, l'on ne te sçauroit donner trop peu.*

Quelqu'un lui demandant , si l'on brûloit mille livres de bois, combien il y auroit de livres de fu-» mée ? Il ne faut, dit-il, que pe-» ser les cendres , la fumée pesera » le reste.

Les Atheniens voulant dresser un amphitheatre pour les com-» bats des Gladiateurs ; il faut au-» paravant , dit-il, abbatre l'autel » de la misericorde.

Il prétendoit prouver à un Juris-consulte que les loix sont inutiles, en lui disant ; parce que les gens » de bien n'en ont pas besoin, & » que les méchans n'en deviennent » pas plus gens de bien.

Un Sophiste lui disant : Pour-quoy parles-tu mal de moy ? C'est répondit-il, parce que tu t'en fou-cies. (Cette réponfe apprend que le moyen de faire taire la mé-difance, c'eft de ne s'en pas fou-cier.)

Il avoit de la veneration pour Socrate, admiroit Diogene, & aimoit Ariftippe.

Selon lui, la felicité confifte à être libre ; c'eft-à-dire, à n'être touché ni d'efperance, ni de crain-te.

Il mourut faute de manger, a-prés avoir vécu prés de cent ans.

Lucien a écrit fa vie.

❦❦❦ ❦❦❦ ❦❦❦ ❦❦❦ ❦❦❦ ❦❦❦ ❦❦❦ ❦❦❦ ❦❦❦

DE PERIANDRE.

PERIANDRE un des fept Sa-ges de la Grece étoit de Co-rinthe, & vivoit vers la 38. Olym-piade.

Comme il paffoit pour être un

M v

tres-habile Medecin, & faifoit de méchans vers, Archidamus fils d'Agefilaus lui dit un jour, qu'il s'étonnoit de ce qu'il aimoit mieux être appellé mauvais Poëte, que bon Medecin.

Il s'infinua au nombre des fept Sages plûtôt par credit & par a-dreffe, que par merite.

Ses concubines l'ayant mis par leurs médifances en colere contre fa femme, il la jetta, quoy qu'enceinte, fur des degrez, & la foula tellement aux pieds, qu'elle en mourut; en fuite ayant reconnu que les médifances que l'on avoit faites d'elle, étoient fauffes, il brûla fes concubines pour la venger.

Il difoit 1o, que les plaifirs font paffagers, mais que la gloire eft immortelle.

2o, Que les Roys doivent être environnez de bien-vaillance, au lieu de Gardes.

3o, Que qui a beaucoup de richeſſes , a beaucoup de ſoins.

4°, Qu'il faut faire de neceſſité vertu.

5°, Que qui ſe fait craindre de pluſieurs , en a pluſieurs à craindre.

Quelques-uns diſent que ſouhaitant qu'on ne ſçût pas où il ſeroit enterré , il poſta deux jeunes hommes pour tuer & enſevelir le premier qui paſſeroit la nuit par un certain chemin , & quatre autres pour tuer & enſevelir ces deux cy ; & encore pluſieurs autres pour faire à ces quatre derniers la même choſe qu'ils avoient faite aux deux premiers ; & qu'ayant diſpoſé de la ſorte tous ces meurtriers , il alla le premier par le chemin , où il avoit deſſein de mourir , & ainſi il fut le premier tué & enſeveli.

DIALOGUE XX.

THEOPHRASTE, DESCARTES,

THEOPHRASTE.

N'ETIEZ-vous pas affez connu, fans qu'il fût neceffaire qu'on fît , comme vient de faire l'Auteur de vôtre vie , deux gros volumes pour parler de vous ?

DESCARTES.

J'étois beaucoup connu , il eft vray ; mais je n'étois pas connu tel que je fuis. Ainfi j'ay lieu d'être auffi content de l'hiftoire de ma vie, que fi en la faifant on m'avoit tiré d'une profonde obfcurité pour me mettre au jour. J'en fçay auffi bon gré à l'Auteur, que vous en devez fçavoir à celuy qui a depuis quelque tems fi bien parlé de vous, & qui vous a rendu celebre parmi les plus habiles perfonnes de l'un & de l'autre fexe, vous qui n'étiez auparavant en reputation, que parmi les Sçavans de la premiere claffe.

THEOPHRASTE.

Vous voulez parler de mes caracteres; mais je me plains de l'Auteur en une chofe, c'eft que, pour menager ma gloire, il ne devoit pas avoir ajoûté des caracteres de fa façon aux miens ; on m'a dit icy qu'on trouve ceux-là d'un si bon goût, & si conformes aux manieres , & aux mœurs de son siecle , qu'on passe ordinairement par dessus ceux-cy, sans en rien lire.

DESCARTES.

Oh! consolez-vous, il y a encore dans l'autre monde plusieurs Sçavans idolatres des ouvrages antiques , qui vous feront justice. Combien ces sortes de Sçavans ont-ils fait d'efforts pour soûtenir les interêts d'Aristote, & pour me détruire. Soyez persuadé qu'ils feront les mêmes efforts pour vous.

THEOPHRASTE.

La nouveauté a trop d'a-
grémens , particulierement
dans le lieu où l'on parle tant
de vous & de moy , pour donner lieu aux anciens d'esperer
y avoir autant de credit qu'ils
en avoient de leur tems. Vous-
même sçavez-fort bien , quelque chose que vous disiez ,
que vous triomphez , & que
vous avez pris le dessus d'Aristote & de tous ses sectateurs.
Il n'y a point de femme qui se
pique un peu de science , qui
ne se fasse un plaisir de lire vos
ouvrages , quand même elle
n'y concevroit rien. Vôtre : *Je
pense , donc je suis*, charme tout
le monde.

DESCARTES.

Et que dites-vous de mes ma-
chines ? Que penfez-vous de
ma conftruction de l'homme?

THEOPHRASTE.

Vos refforts font affez bien
imaginez. Pour moy qui ay
toûjours aimé à moralifer, je
vous avoüe que fi le corps de
l'homme eft une demeure
bien artificielle, & d'une tres-
difficile conftruction, il me
paróît que l'ame paye bien
cher le loüage de cette demeure par les foins qu'elle prend
pour l'entretenir, & pour luy
donner du plaifir. Le corps eft
comme une maifon de bou-
teille, qui engage l'ame à faire
de grandes dépenfes, fans luy

apporter autre chofequ'un fort petit revenu. Le corps lui prête fes fens, il eft vray; mais ces fens ne fervent fouvent qu'à la tromper, & à luy faire faire de faux raifonnemens. Il faudroit regarder le corps comme une maifon que l'on a par emprunt pour quelque tems, & où l'on ne fait que les reparations qui font abfolument neceffaires.....

DESCARTES.

Ah, finiffons, je vous prie, cette morale.

THEOPHRASTE.

Finiffons donc auffi la Phyfique; car j'ay trop d'obligations à Ariftote, pour prendre party contre luy, & je vous

eſtime trop, pour m'oppoſer
à vos ſentimens ; c'étoit pour
ne me point commettre avec
vous, ni avec luy, que je voulois me ranger du côté de la
morale.

✿✿✿✿✿✿✿✿✿✿✿✿✿✿✿✿✿✿✿✿✿✿✿✿✿✿✿✿✿✿✿✿✿✿✿

DE THEOPHRASTE.

THEOPHRASTE étoit d'E-
refe, & étudia fous Leucip-
pe, fous Platon, & fous Ariftote.
Celuy-cy ayant remarqué que fon
éloquence avoit quelque chofe de
divin, l'appella *Theophrafte*, au
lieu de *Tirtame*, qui avoit été fon
nom jufqu'alors. Quelque élo-
quent qu'il fût, il ne laiffa pas de
fe plaindre un jour, de ce qu'en
marchandant quelque chofe, une
vieille l'appella étranger. Helas,
dit-il, n'ais-je pû éviter pendant
tant d'années que je m'applique
à bien parler, de me faire remar- «
quer pour étranger par mon lan- «
gage ?

Il fe plaifoit beaucoup aux Co-
medies ; Menandre reçut de luy

de bonnes inftructions pour en compofer.

Il paffoit pour être tres-affable & tres-officieux.

Il dit un jour à un certain homme taciturne, qui écoutoit ordinairement parler, fans jamais prononcer une feule parole : Si tu es ignorant, tu es tres-fage de garder le filence ; finon, tu es fou.

Il difoit 1°, que la plus honnête de toutes les épargnes, étoit celle du tems.

2°, Qu'il ne faut pas aimer les étrangers pour les éprouver, mais qu'il les faut éprouver pour les aimer.

3°, Que la digeftion fe fait mieux quand on eft couché fur le côté droit, qu'autrement, & qu'elle fe fait mal, quand on dort à la renverfe.

4°, Que l'utilité de cette vie ne fera jamais plus grande que fa vanité.

5°, Que l'ouye est l'un des sens qui donne de plus grandes passions à l'ame.

6°, Que le fruit des richesses, c'est de se montrer magnifique à donner des presens, & à recevoir honorablement les étrangers.

7°, Que les boutiques des Barbiers sont des banquets sans vin.

8°, Qu'un Orateur sans jugement est un cheval sans bride.

9°, Que l'ame paye bien le louäge de sa demeure dans le corps.

Il mourut âgé de 85. ans. Etant prêt de mourir, il dit : Cette vie « nous trompe en bien des choses « qu'elle nous represente douces « sous le pretexte de la gloire.

Il accusoit en mourant la nature, de ce qu'elle avoit donné une longue vie aux cerfs, & aux corbeaux, qui n'en avoient pas besoin; au lieu qu'elle l'avoit donnée fort courte aux hommes en comparaison du tems qu'il leur faudroit

pour connoître tant de chofes qui
font dans ce monde.

Il nous refte peud'ouvrages de
luy. Celuy qu'on eftime le plus eft
fon traité des differens caracteres
des mœurs de fon fiecle, particulierement depuis que M. de la
Bruyere nous en a donné une traduction ; cette traduction & les caracteres des mœursde nôtre fiecle,
que le même Auteur nous a donnez , font un ouvrage d'une fi
grande inftruction, qu'on ne peut
trop le lire. Les fix éditions qu'on
en a faites en peu de tems, mar-
quentque le public eft de mon fentiment. On peut dire que M. de la
Bruyere montre par cet ouvrage
que les reflexions de fon efprit
ont produit , qu'il connoît à fonds
l'homme & le monde.

DE DESCARTES.

RENE' Defcartes Seigneur du Perron Gentil-homme Fran-çois étoit de Touraine.

C'étoit un efprit fertile, & d'une meditation tres-profonde. Auffi fe rendit-il tres-habile dans les Ma-thématiques. Il porta les armes en Allemagne, & en Hongrie ; en-fuite ayant refolu de s'appliquer entierement à la contemplation de la nature, il fe retira en Hollande, où il paffa 25. ans dans cette occu-pation. D'abord il donna fes me-ditations metaphyfiques. Le pere Rapin dit que l'enchaînement de fa doctrine va à fon but, que l'or-dre en eft bien imaginé felon fes principes, & que fon Syftéme, tout mêlé qu'il eft d'ancien & de moderne eft bien arrangé : mais

que cependant il enseigne trop
à douter, & qu'il disoit à ses plus
intimes amis que sa Philosophie é-
toit un Roman.

Descartes veut que, pour se défaire des préjugez, on se mette une
fois dans l'esprit de douter de tout,
pour bien distinguer ce qui est vray
d'avec ce qui est faux. Son principe : *Je pense, donc je suis*, qu'il donne pour la premiere verité évi-
dente & sensible, à l'examiner de
prés, dit encore le même Pere, a
quelque chose de defectueux. La
proposition : *Je pense*, devant se reduire à celle-cy : *Je suis pensant*,
c'est-à-dire , *Je suis , donc je suis* ,
fait un sens frivole.

Selon luy il n'y a point de sentiment dans les animaux ; ces dé-
monstrations de joye , d'amitié,
d'aversion, de tristesse ; ces impres-
sions de douleur & de plaisir qui
paroissent en eux, ne sont que les
effets d'une espece de ressort qui
jouë

selon que la matiere est disposée: Il prétend encore que la chaleur n'est pas dans le feu, la dureté dans le marbre, l'humidité dans l'eau ; mais que tout cela n'est que dans l'ame qui trouve le feu chaud, le marbre dur, l'eau humide, par la pensée, & non pas par ces qualitez qui ne sont que des chimeres.

Il rejette le systéme de Ptolomée, à cause qu'il est contraire à plusieurs observations nouvelles ; il fait la terre immobile, comme Tycho-Brahé, & met le Soleil au centre du monde comme Copernic. La terre, à ce qu'il prétend, n'a point de propension au mouvement, & est d'elle-même en repos ; mais cela n'empêche pas qu'elle ne soit emportée par le cours du ciel qui l'environne, & qu'elle ne suive le mouvement de ce ciel, sans neanmoins se mouvoir, de même qu'un homme couché dans un batteau n'est point

N

censé se mouvoir, quoyque le batteau soit emporté par le courant
du fleuve, sur lequel il est porté.

Christine Reine de Suede l'ayant
fait venir à Stolkom pour avoir le
plaisir de l'entretenir tous les jours
à cinq heures du matin dans sa Bibliotheque ; il mourut peu de
mois aprés en 1650. âgé de 54. ans.
Son corps fut apporté en France,
& fut mis dans l'Eglise de sainte
Genevieve du Mont à Paris, où
on luy a dressé un éloge funebre.
Lisez sa vie qu'on a donnée depuis peu en deux volumes in 4.

DIALOGUE XXI.

CHILON, ANAXAGORAS.

CHILON.

AVIEZ - vous autant d'in-
difference que vous en
marquiez ? Car on dit que
rien ne vous touchoit , que
vous étiez insensible à toutes
sortes de pertes.

ANAXAGORAS.

Je n'étois pas si insensible,
que je ne souffrisse ; mais
mon attention , & mes reflexions sur la vanité des choses
du monde, fortifioient mon esprit, & le faisoiét triompher de

N ij

la douleur. On ne fouffre dans les pertes que parce qu'on aime trop ce qu'on perd, & on n'aime trop ce qu'onperd, que parce qu'on ne le connoît pas bien. Un petit reffentiment de plaifir que l'on goûte dans la poffeffion des chofes, en fait toute la connoiffance.

CHILON.

Tant que nôtre ame a les fens pour prifon, elle ne confulte gueres qu'eux pour s'attacher aux objets qui fe prefentent à elle, ou pour s'en détacher.... ... Mais pardon, je vous prie, Anaxagoras; je ne fais pas reflexion, qu'en vous parlant de l'ame comme fi je la croyois un être different de

la matiere. Je vous contredis ;
vous dis-je , qui prétendez
qu'elle n'eſt autre choſe qu'un
corps de la nature de l'air.

ANAXAGORAS.

Vous qui avez dit ſi ſouvent
qu'il ne faut point permettre
à la langue de marcher devant
la penſée, comment avez-vous
pû parler ſi vîte , ſans reflechir
ſur ce que vous vouliez me dire ? mais je vous entends. Vous
avez aſſez reflechi , & vous ne
vous étes repris , que pour
m'engager à faire moy-même
reflexion ſur ce ſentiment que
j'avois de l'ame. Je l'ay aſſez
faite cette reflexion depuis que
je ſuis icy, il n'eſt pas neceſſaire que vous m'excitiez à la

faire davantage. Je connois
mes erreurs, j'en ay de la confufion ; & ainfi ne me les re-
mettez plus devant les yeux.

CHILON.

Voilà ce qui arrive d'ordinaire. On renonce à fes erreurs
quand on voit qu'on ne peut
plus les faire paffer pour des
veritez.

ANAXAGORAS.

Je n'ay pas renoncé plû-
tôt à mes erreurs, parce que
je ne les croyois pas erreurs.
Vous avez eu vos erreurs auffi-
bien que moy ; par exemple,
n'en eft-ce pas une que d'a-
voir une fi grande, & une fi
avantageufe idée des hon-
neurs de l'autre monde, qu'on

en meure de joye , comme vous en mourûtes , lorſque vous embraſſâtes vôtre fils qui avoit été couronné aux Jeux Olympiques ? De l'air faiſoit mon erreur , du vent faiſoit la vôtre. Eſt-ce que vous ne deviez pas plûtoſt trembler de peur , que mourir de joye au reſſouvenir du triomphe de vôtre fils , vous qui aviez ſi ſagement dit qu'en même tems que Jupiter s'occupe à élever les choſes baſſes , il abaiſſe celles qui ſont élevées… Mais Adieu, je me ſauve : car voici un importun qui me perſecute par tout où il me trouve.

CHILON.

Qui eſt-ce ?

ANAXAGORAS.

C'eft un Romain appellé
Scevola qui affûre, qu'à caufe
que j'ay dit autrefois que la fageffe de l'homme confiftoit
en fa main , tout le monde
l'infulte , & l'accufe d'avoir
brûlé toute vive fa fageffe ,
lorfque, pour montrer la fermeté des Romains , il mit fa
main dans un brafier ardent
en prefence d'un Roy qui faifoit la guerre à fa patrie.

CHILON.

Je croy en effet qu'il en veut
à vous. Fuyez : car il me paroît de bien mauvaife humeur.

DE CHILON.

CHILON un des sept Sages
de la Grece étoit Lacedemonien. Il fut fait Ephore de Sparte
vers la 56. Olympiade , environ
556. ans avant J. C.

Esope luy ayant demandé un
jour à quoy s'occupoit Jupiter, il
répondit qu'il s'occupoit à abaisser
les choses élevées , & à élever
celles qui sont basses.

Ayant été convié à un festin , il
ne voulut point promettre d'y aller , qu'il n'eût auparavant sçu qui
étoient les conviez; car disoit-il , «
on est contraint, quelque chose «
que l'on fasse , & que l'on dise, «
de supporter un compagnon fâ- «
cheux en un navire , quand on »
est sur mer , & sous une tante,

N v

» quand on eſt à la guerre.

Pline dit qu'il fit graver ces preceptes en lettres d'or dans le temple de Delphe : *Connois-toy toy-*
même. Ne deſire rien de trop avan-
tageux. Ne ſois jamais répondant
des biens ou des procez de ton voi-
ſin.

Il diſoit 1°, qu'il ne faut point
permettre à la langue de marcher
devant la penſée.

2°, Que trois choſes ſont bien difficiles dans le monde , à ſçavoir,
ſouffrir les injures ſans murmurer,
garder un ſecret, & bien employer
le tems.

3°, Qu'il faut oublier le bien que
l'on fait aux autres , & ſe reſſouvenir de celuy que l'on reçoit.

4°, Que l'or eſt la pierre de touche de l'homme.

5°, Qu'on ne doit pas prendre
une femme trop conſiderable en
beauté , ou en naiſſance , ou en
biens, de peur d'avoir une maî-

treffe au lieu d'une compagne.

6°, Que pour bien gouverner un Etat, on doit bien gouverner fa famille.

7°, Qu'il faut toûjours être en garde contre foy-même.

8°, Que l'appareil de la mort eft ce qu'elle a de plus effroyable.

On dit qu'il mourut de joye à Pife en embraffant fon fils qui a-voit été couronné aux Jeux Olym-piques.

D'ANAXAGORAS.

ANAXAGORAS étoit de Clazomene. Il étudia fous A-naximene.

Toutes les chofes du monde luy étoient fort indifferentes. Quel-qu'un luy ayant rapporté que fon fils étoit mort, il n'en parut pas plus émû, & fans montrer aucune douleur , il dit feulement : *Je fçavois bien que je l'avois engendré mortel.*

Dans quelque perte qu'il fift, & quelque accident qui luy arrivât, il fe confoloit avec la même facilité , qu'il s'étoit confolé de la mort de fon fils. Il difoit, par exemple : *je fçavois bien que j'avois des richeffes periffables ; je fçavois bien que ceux qui m'avoient élevé dans cette dignité , m'en pouvoient faire defcendre ; je fçavois bien que j'avois une femme de bien , mais femme toutefois; je fçavois bien que mon ami étoit homme , c'eft à dire , un animal de nature fort changeante.*

Ses parens lui reprochant qu'il n'avoit pas foin de fon bien : » Ayez-en foin vous-mêmes, dit- » il , & le leur donna.

Pour tous honneurs il demanda feulement à ceux qui lui en offroient , que les enfans euffent permiffion de joüer, & n'allaffent

point à l'échole le jour qu'il mour-
roit.

Une pierre étant tombée du Soleil le jour auquel il avoit prédit
qu'elle devoit tomber , cette prédiction le rendit fort recommandable.

C'est le premier des Philosophes
qui ait mis ses œuvres en lumiere
pendant sa vie.

Lucien le fait écraser d'un coup
de foudre par Jupiter, parce qu'on
prétend qu'il ne croyoit point la
pluralité des Dieux.

On l'a accusé d'impieté pour
avoir dit que le Soleil étoit une
pierre.

Pendant sa prison il composa
un ouvrage touchant la quadratu-
re du cercle.

Selon luy 1°, la matiere à un entendement. 2°, Le Soleil est une
piece de fer ardent plus grande
que tout le Peloponnese. 3°, Les
Cometes sont des étincelles vol-

tigeantes en l'air aprés que les planetes ont émouché leurs flammes par leur rencontre. 4°, Le ciel est une voute faite de pierres, & qui tombera un jour en ruine. 5°, L'ame est un corps de la nature de l'air. 6°, La neige est noire, parce qu'elle est faite d'eau qui a cette couleur. 7°, La Lune est, ou peut être habitée. 8°, La fagesse de l'homme consiste en sa main. 9°, Le ciel étant de nature de feu enleve des pierres par la vehemence de sa revolution, & les enflamme de telle sorte, qu'elles deviennent des astres.

Il a le premier dit que la Lune reçoit sa lumiere du Soleil.

Il disoit 1°, que le ciel étoit sa patrie

2°, Que le tombeau de Mausole étoit de l'or changé en pierre.

3°, Que la science nuit autant à ceux qui ne sçavent pas s'en servir, qu'elle sert aux autres.

Etant fort vieux, & abandonné de tout le monde, il prit resolution de se laisser mourir de faim ; Periclés qui l'estimoit beaucoup à cause du secours qu'il recevoit de ses conseils, ayant sçu cette cruelle resolution, le vint trouver, & le pria de ne point s'ôter la vie, quand ce ne seroit que pour continuer à lui donner ses bons avis qui étoient si necessaires pour l'utilité des affaires publiques. Anaxagoras, aprés l'avoir entendu parler de la sorte, luy répondit seulement par ces paroles : O Pericles, « ceux qui ont besoin de la lumie- « re d'une lampe, ont soin d'y met- « tre de l'huile, s'ils ne veulent pas « la laisser éteindre. «

Il mourut âgé de 72. ans vers la 88. Olympiade environ l'an du monde 3626. de Rome 326. & 428. avant J. C.

✿✿✿✿✿✿✿✿✿✿✿✿✿✿✿✿✿✿✿✿✿✿✿✿

DIALOGUE XXII.

PHERECIDE, SENEQUE.

PHERECIDE.

JE m'imagine qu'on ne fent gueres ce qu'on dit, quand avec fept millions cinq cent mille écus, on parle contre les richeffes, & en faveur de la pauvreté.

SENEQUE.

Si ce que je difois en faveur de la pauvreté étoit vray, il n'étoit pas neceffaire de faire attention fur mes prodigieufes richeffes, pour me croire.

PHERECIDE.

Oh il faut quelque chofe

de plus pour bien perſuader, & faire agir ; il faut l'exemple.

SENEQUE.

C'eſt-à-dire , qu'afin de prouver que la vie eſt remplie d'adverſitez , & que par conſequent on ne doit point l'aimer , il faut , comme vous avez fait , ſe precipiter du haut d'une montagne pour ſe tuer.

S'il n'étoit permis de donner des inſtructions , & des avis , qu'en montrant le premier l'exemple de ce qu'on conſeille , ou qu'on apprend aux autres , il n'y auroit pas tant de Conſeillers, ni de Maîtres , qu'on en trouve par tout.

PHERECIDE.

Je m'étonne extremément

de vous entendre parler de la
forte , vous qui avez dit tant
de belles choſes ſur l'inutilité
des preceptes qui ne ſont pas
accompagnez d'un exemple
pour exciter à les ſuivre. Apparemment quand vous avez ſi
bien parlé , vous cherchiez
plûtôt la gloire de bien dire,
que le plaiſir de voir executer.

SENEQUE.

Quoy ! Ne comptez-vous
pour rien la conſtance que j'ay
montrée en mourant ?

PHERECIDE.

Il faut bien faire de neceſſité vertu.

SENEQUE.

Si je n'avois été penetré des
ſentimens de courage que l'on

trouve dans mes œuvres contre les accidens de la vie , je
n'en aurois pas tant fait voir
en la perdant.

PHERECIDE.

C'eſt-à-dire , que vous n'a-
vez pu donner des marques
de vôtre détachement du
monde , que lorſqu'on vous a
forcé à le quitter. Je vous dis
encore une fois, qu'il faut que
les exemples ſoient donnez
plus à propos.

SENEQUE.

Je vous admire, d'oſer donner des avis à Seneque ſur les
devoirs de la vie civile !

PHERECIDE.

Oh il ne faut pas que vous
vous imaginiez , qu'à cauſe

que je n'ay pas écrit de beaux
sentimens, je n'en aye eu aucun. Vous autres grands Auteurs croyez souvent qu'il n'y
a que chez vous que reside la
raison & le bon sens. Mais vous
pouvez vous tromper. Ordinairement ce n'est que la hardiesse que vous avez de donner vos conceptions au public, qui met de la difference
entre vous & les autres hommes.

SENEQUE.

Vous m'insultez. Cepen-
dant je me tais. Apprenez
donc de mon silence que j'ay
autant de patience que j'en ay
conseillé aux autres ?

DE PHERECIDE.

PHERECIDE étoit Syrien, & vivoit vers la 55. Olympia-de. Il étudia sous Pittacus, & fut maître de Pythagore. Theopom-pus dit que c'est luy qui le premier de tous les Philosophes a écrit des choses naturelles, & de l'essence des Dieux.

Il prédit un tremblement de terre en beuvant de l'eau d'un puits.

Selon quelques-uns, il se tua en se précipitant du haut du mont Co-rvcius, lorsqu'il alloit à Delphes; d'autres disent que la vermine le fit mourir.

❁❀❁❀❁❀❁❀❁❀❁❀❁❀❁❀❁❀

DE SENEQUE.

SENEQUE étoit de Cordouë
en Espagne. il s'addonna à la
Philosophie des Stoïciens , & fut
Precepteur de Neron . Ce cruel
Prince, pour se défaire de ses reprimendes, ordonna à un de ses
affranchis nommé Cleonice , de
luy donner du poison; mais cet ordre ne produisit aucun effet , soit
à cause du repentir de cet affran-
chi , soit à cause de la défiance de
Seneque , qui ne vivoit que de
fruits champètres, & ne beuvoit
que de l'eau. Quelque tems aprés,
Neron , sous pretexte d'une cons-
piration contre lui, pour s'en défaire absolument, luy ordonna de
se faire mourir , luy laissant seulement la liberté de choisir quel
genre de mort il voudroit. Seneque se fit ouvrir les veines, sa femme Pauline en fit autant; mais Ne-

ron empêcha son dessein. Seneque
s'ennuyant des longueurs de la
mort, pria Statius Anneus son Medecin, & son ancien ami de luy
donner un poison qu'il gardoit
depuis long-tems pour quelque occasion semblable à celle-cy, & qui
étoit le même que l'on faisoit boire aux criminels à Athenes : mais
ses veines étant déja épuisées, &
ses membres froids, le venin ne
put agir, de sorte que l'on fut contraint, pour le contenter, de l'é-
touffer avec la vapeur d'un bain
chaud. Il mourut l'an de salut. 65.

Xiphilin, & Dion Cassius l'ac-
cusent d'adultere avec Iulie fille de
Germanicus, d'avoir abusé d'A-
grippine mere de Neron, d'avoir
en suite porté Neron à la faire
mourir, d'avoir été adonné à
d'autres amours, que la nature
condamne, d'avoir conjuré contre
Neron, & de s'être voulu empa-
rer de l'Empire, d'avoir amassé

de si prodigieuses richesses, qu'elles montoient à sept millions cinq cens mille écus, de s'être si plu au luxe, qu'il avoit cinq cens tables faites d'une espece de Citronnier Affricain, enchassées sur l'yvoire, & que la rareté jointe au prix excessif rendoit inestimables; enfin on l'accuse d'avoir été cause par son extrême avarice de cette grande défaite des Romains arrivée de son têms dans la grande Bretagne, à cause qu'il voulut retirer tout à coup & avec violence un million d'or, qu'il y faisoit valoir à grosses usures, ce qui jetta les Peuples de cette Isle dans la revolte. Tacite, Suetone, & d'autres Historiens considerables l'ont justifié contre ces calomnies, n'ayant jamais parlé de luy, que d'une maniere avantageuse. Lisez sur toutes ces accusations le cinquiéme tome des œuvres de Monsieur de la Motte le Vayer.

DIALOGVE

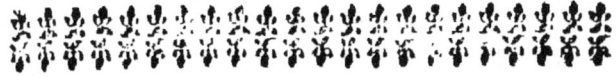

DIALOGUE XXIII.

ARNAUD DE VILLE-NEUVE BIAS.

ARNAUD DE VILLE-NEUVE.

ON a bien fait valoir le bon mot que vous dîtes, lors qu'abandonnant tous vos biens qui étoient expofez au pillage, vous ne laiflâtes pas d'aflûrer que vous emportiez tout avec vous. On eft bien-hûreux quand on a aflez d'adrefle, pour faire de neceffité vertu. Vous avez eu ce bon-heur, puifque vous vous êtes montré defintereffé

O

dans une occasion, où il vous étoit impossible de conserver aucuns de vos biens, autres que ceux de l'esprit.

BIAS.

J'étois aussi des-interessé que je le paroissois. Je souhaitterois, pour vôtre reputation, que vous eussiez été aussi infaillible Astrologue que vous le vouliez paroître... mais je me dédis de mon souhait; car en souhaitant honorer vôtre reputation j'interesse l'Univers. Vous sçavez ce que je veux dire.

ARNAUD.

Je m'en doute. Vous voulez parler de ma prédiction, par laquelle je pretendois que

la fin du monde arriveroit vers
l'an 1376. qui est - ce qui n'est
pas sujet à erreur?

BIAS.

Ah ! si avant que d'assurer
rien sur vos calculs & sur vos
supputations Astrologiques ,
vous assuriez qu'ils sont sujets
à l'erreur , je ne vous blâme-
rois pas pour vôtre prédiction;
mais...

ARNAUD.

Mais nous autres Astrolo-
gues agissons comme les autres Sçavans. Nous sommes
entestez comme eux de nos
sentimens & de nos opinions.
Quoy ! est-ce que nous aurons
épuisé nôtre santé par une application de plusieurs années,

pour dire que nous ne fçavons
rien avec plus de certitude que
ceux qui n'ont étudié que fu-
perficielement ? Le public feroit bien ingrat , s'il ne vouloit pas du moins payer nos
peines de quelque credulité.

BIAS.

Mais les Sçavans croyent-
ils eux-mêmes tout ce qu'ils
difent, pour avoir droit d'exiger quelque credulité du public ?

ARNAUD.

Ce n'eft pas au public à
s'informer de cela ; c'eft feulement à luy à examiner fi
ceux qui le veulent inftruire
font veritablement fçavans ,
& s'il les trouve tels, il doit

les croire, fans autre examen.

BIAS.

En verité ce raifonnement me fait pitié. Ne fçavez-vous pas que deux veritables fça-vans ne s'accordent prefque jamais fur une même chofe ? Puifque cela eft ainfi , com-ment voulez-vous que le peu-ple ajoûte - foy à deux fenti-mens oppofez ?

ARNAUD.

Ah ! que vous êtes incom-mode avec vos queftions ? Je croy que c'eft-là tout ce que vous avez fauvé du pillage , & tout ce que vous avez apporté icy avec vous.

BIAS.

Un homme qui fçait au-

O iij

tant de langues qu'on dit que
vous en fçavez, a, ce me femble, de quoy parler pour répondre à toutes les queſtions
qu'on luy peut faire?

D'ARNAUD

DE VILLE-NEUVE.

ARNAUD de Ville-neuve
fût un Philoſophe qui s'appliqua avec tant d'aſſiduité à l'é-
tude de la Medecine, qu'il s'y
rendit fort recommandable. Il
étudia à Paris & à Montpellier,
il voyagea en Italie & en Eſpa-
gne pour conſulter tous les Sçavans & ſe perfectionner davantage dans ce qu'il avoit appris.
Il ſe rendit habile dans les langues
fçavantes, principalement dans

l'Hebraïque, la Grecque & l'A-
rabique. Il s'imagina que l'Aftrologie étoit fi infaillible, qu'aprés
fes calculs & fes fuppu tions, il
aſſùra que la fin du monde arriveroit en 1335. ou 1345. ou 1376.
felon d'autres.

Selon luy il n'y aura point de
damnez que ceux qui donnent
mauvais exemple. L'Eglife con-
damna cette erreur.

Il fit naufrage fur la cofte de
Gennes en 1310. ou 1313.

❦❦❦❦❦❦❦❦❦❦❦❦❦❦❦❦❦❦❦❦❦

DE BIAS.

BIAS étoit de Prienne ville
le Carie, vivoit vers la 42.
Olympiade, & fùt un des fept
Sages de la Grece.

La ville de Prienne étant affie-
gée par Alyattes, il engraiſſa
deux mulets qu'il laiſſa aller dans

O iiij

le camp des ennemis , & aprés
avoir fait couvrir de bled des
monceaux de fable ,' il les fit voir
à leur Efpion ; de forte que les
Affiegeans étant perfuadez que
cette Ville ne manqueroit pas fi-
tôt de vivres , ils firent la paix
avec les Prienniens.

Cette même ville ayant été
prife dans la fuite , & tous les habitans faifant leurs efforts , pour
fauver du pillage tout ce qu'ils
avoient de meilleur. Bias de fon
côté abandonna tout ce qu'il avoit
de biens , & ne laiffa pas de dire
qu'il emportoit tout avec luy.
Il parloit des biens de l'ame , &
non pas de ceux de la fortune.

Se voyant un jour en danger de
faire naufrage , & entendant des
gens de Marine implorer la mife-
» ricorde des Dieux : taifez-vous,
» leur dit-il , miferables , de peur
» qu'ils ne fçachent que vous êtes
» icy. Un impie luy demandant ce

que c'étoit que la pieté, il ne répondit rien, & voyant que cet impie murmuroit contre son silence; qu'as-tu que faire, dit-il, de sçavoir ce que c'est que la pieté ? cela ne te regarde point.

S'étant trouvé surpris dans une embuscade dressée par Iphicrate Capitaine des Atheniens, & ses Soldats luy demandant ce qu'ils avoient à faire ; songez à vous sauver, leur dit-il, & moy je vais « mourir en combattant. «

Il donna à Amasis Roy d'Egypte un avis qui tira ce Prince d'un grand embarras. Voicy à qu'elle occasion. Le Roy d'Ethiopie exigeant d'Amasis qu'il bût toute l'eau de la mer, à condition que s'il la beuvoit, il gagneroit plusieurs villes & villages, & la même condition portant que s'il ne la beuvoit pas, il cederoit au Roy d'Ethiopie les villes de la contrée Elephantine, il demanda

O y

conſeil à Bias pour ſçavoir ce qu'il
devoit faire afin de ne ſouffrir
aucun dommage de cette conven-
tion ; Bias luy manda de dire au
Roy d'Ethiopie, que s'il vouloit
qu'il bût toute l'eau de la mer, il
falloit qu'il arrétaſt le cours de
tous les fleuves & de toutes les ri-
vieres qui s'y déchargent ; le Roy
d'Ethiopie ſe trouvant dans l'im-
poſſibilité de faire ce qu'Amaſis
luy demandoit, n'exigea plus de
luy la même choſe.

Bias diſoit qu'il aimoit mieux
être juge entre ſes ennemis, qu'entre ſes amis, parce qu'étant juge
entre ſes ennemis, il pourroit ſe
faire un ami ; mais qu'étant juge
entre ſes amis, il étoit en danger
de ſe faire un ennemi..

DIALOGVE XXIV.

SOCRATE, CLITOMACHE

SOCRATE.

OUy je l'ai dit, & je le diray toûjours, que quelque inégalité qui paroiſſe ſur la terre dans la diſtribution des adverſitez, cependant ſi chacun apportoit toutes ſes peines pour être miſes avec celles des autres, & enſuite partagées entre tous en parties égales, chacun reprendoit vîte les ſiennes, ſans vouloir de partage.

O vj

CLITOMACHE.

Un pauvre qui n'a pas son neceſſaire a bien de la peine à croire que ces grands qu'il voit eſcortez d'un grand nombre de courtiſans flatteurs, reſpectueux & complaiſans envers eux, ſervis par pluſieurs domeſtiques qui tremblent de reſpect & de crainte en leur preſence, logez dans des Palais ſuperbes par leur architecture, & par leurs emmeublemens, & enfin toûjours au milieu des feſtins ſomptueux & de l'affluence de toutes ſortes de plaiſirs ; ce pauvre, dis-je, a bien de la peine à croire que ces grands ſoient auſſi mal-heureux que luy.

SOCRATE.

Il le croiroit s'il faifoit reflexion que tous ces biens ne
peuvent rendre heureux, parce qu'ils n'ont rien qui puifle
remplir la capacité du cœur
de l'homme ; qu'ils peuvent
bien, à la verité, faire quelque plaifir au corps, mais qu'ils
n'ont pas ce qui eft neceffaire
pour contenter l'efprit & le
faire tranquille ; qu'ils rendent
fouvent l'homme plus mé-
chant, fans l'empécher d'être
mal'heureux ; enfin que la
fortune la plus éclatante eft
non feulement vaine & fra-
gilè, mais onereufe, mais
pleine d'amertumes & de chagrins, & que l'on fouffre &

soupire sur les Trônes aussi
bien que dans les fers.

CLITOMACHE.

Ce pauvre aura toûjours de
la peine à croire tout ce que
vous venez de dire.

SOCRATE.

Pourquoy ?

CLITOMACHE.

Le sage Socrate peut-il me
faire cette demande?

SOCRATE.

Ressouvenez-vous que j'ay
dit autrefois tres souvent que
je ne sçavois qu'une chose, qui
est que je ne sçavois rien.
Ainsi ne trouvez pas étrange,
si je vous interroge, pour apprendre.

CLITOMACHE.

Puifque vous le voulez, je vous dis donc que ce pauvre ne pourra fe croire aufli heureux que les riches, quelques reflexions qu'il puiffe faire, parce que tout ce qui paroift à fes yeux dans ces grands n'eft qu'agréable, n'eft que delicieux, n'eft que charmant; au lieu que tout ce qu'il fent dans fa pauvreté n'eft que trifte, n'eft qu'humiliant, n'eft que miferable. De toutes les demonftrations celles que nous fentons font les plus fortes & les plus convaincantes pour nous. Il faudroit (pour prouver efficacement aux pauvres, qu'il n'y a point de gran-

deurs, ny de richeſſes qui ne
ſoient accompagnées de beaucoup de peine, que de tems
en tems les Grands & les riches partageaſſent avec eux
quelque partie de leur appa-
rente felicité.

SOCRATE.

Que dites-vous là, les pauvres ſont comptez pour ſi peu
de choſe dans le commerce
des hommes, que je ne croy
pas que l'on prenne jamais le
ſoin de les deſabuſer. On
trouve aſſez de Sçavans & de
Sages qui prouvent que la
pauvreté rend plus heureux
que les richeſſes ; mais où
trouve-t-on des riches qui
confirment par une permuta-

tion de leurs richesses pour la pauvreté, ce qui a été prouvé par les Sages & par les Sçavans?

CLITOMACHE.

Puisque les riches veulent toûjours demeurer riches, il faudroit, pour consoler les pauvres, les porter seulement à faire leurs efforts, afin de s'élever au dessus de leurs sens, & de ne se laisser point ébloüir par ces apparences trompeuses qui les frappent, & qui servent à seduire leur esprit. Ils n'ont qu'à penetrer par leurs reflexions tout cet exterieur, & suivre ces riches jusques dans leurs tombeaux, & les separer par leur raison de cet

éclat qui les environne pendant leur vie, pour confiderer
ce qu'ils feront un jour dans
l'ombre de leur fepulture.

SOCRATE.

Ces quatre cent volumes,
qu'on dit que vous avez écrits,
contenoient-ils des chofes auffi judicieufes que celles que
vous venez de me dire ?

CLITOMACHE.

Je fouhaiterois n'y avoir
parlé d'autre chofe. Car je
connois à prefent que de toutes les fciences, celle qui regle, & fortifie l'efprit eft la
plus belle, la plus utile, &
celle par confequent qu'on
doit le plus cultiver. Tous les
hommes vous doivent fçavoir

bon gré, d'avoir commencé à introduire dans le monde une Philosophie pour les mœurs.

SOCRATE.

Tous les hommes, à ce que vous dites, me doivent sçavoir bon gré ; mais je vous assure que je n'attends pas d'eux cette justice ; car si ceux qui me connoissoient le mieux, parce qu'ils vivoient de mon tems, ont témoigné par leur conduite en me condamnant à la mort, qu'ils n'avoient aucune consideration pour moy; comment voulez-vous que j'en espere de ceux qui me connoissent moins, parce qu'ils sont venus aprés le tems auquel je vivois sur la terre?

CLITOMACHE.

Je trouve que vous en de-
vez plus attendre de ceux-cy,
que de ceux-là. Ne sçavez-
vous pas que pour acquerir de
l'estime & de la reputation, il
est bon qu'on soit un peu regardé de loin?

DE SOCRATE.

SOCRATE nâquit à Athenes vers la 77. Olympiade. Il étoit fils d'un Lapidaire, & d'une Sage-ge-femme. Au commencement de son âge il mena une vie servile, & apprit à tailler, & à graver des pierres. Dans la suite il s'exerça à joüer de quelques instrumens de musique. Il ne negligea pas même la danse à laquelle il s'exerçoit en sautant par boutades de tems en tems pour entr.tenir sa santé ; & enfin il s'appliqua à la Philosophie morale avec un si grand succez, que l'Oracle le declara le plus Sage de tous les hommes de la Grece. Un phisionomiste appellé Zopyrus soûtenant que selon les principes de sa sciense Socrate de-

voit être un homme débauché , &
sujet à se laisser emporter par les
passions les plus criminelles; celuy
» cy répondit : Cela seroit en effet
» tres-vray , si la Philosophie ne
» m'avoit reglé.

A cause de son application à la
morale, on disoit qu'il avoit attiré
la science du ciel icy bas. Il merita
d'autant plus de loüanges pour a-
voir mis en usage par ses leçons &
par ses exemples cette partie de
la Philosophie , qu'elle avoit été
jusqu'alors beaucoup negligée ,
les Philosophes ayant songé plûtôt à rendre l'esprit sçavant, qu'à
bien régler les mœurs.

Ce fut cette même étude de la
morale qui le rendit si patient,
qu'il surprenoit tous ceux qui en
étoient témoins. En voicy quelques exemples.

Quand on parloit mal de luy, il
» disoit : Si le mal qu'on dit de moy
» est vray, cela servira à me cor-

riger ; finon, cela ne me touche «
point ; car ce n'eft pas de moy «
qu'on parle.   «

Quelqu'un luy ayant donné un
coup de pied, il dit à ceux qui s'é-
tonnoient de fa tranquillité aprés
ce mauvais traitement. Quoy ! fi
un afne m'avoit donné un coup
de pied, me faudroit-il l'appeller
au combat ?

Xantippe fa femme luy ayant
jetté de l'eau fale fur la tête, aprés
luy avoir bien dit des injures, il
plaifanta fur cette impertin nce,
en difant, fans s'émouvoir : Je fçavois bien que Xantippe feroit
defcendre de la pluye aprés le ton-
nerre.

Une autrefois Alcibiade étant
chez luy, & ne pouvant fouffrir les
criailleries continuelles de la même Xantippe; Socrate luy dit : J'y «
fuis accoûtumé comme au bruit «
des poulies ; mais toy, ajoûta-t-il «
à Alcibiade, ne t'accoûtumes-tu «

» pas au bruit des oyes? Ouy, lui
» répondit celuy-ci, parce qu'elles
» me font des œufs; & Xantippe,
repliqua Socrate, me fait des en-
» fans.

Cette même femme ayant renversé un jour la table devant Eu-
thydemus qu'il avoit prié à souper,
& celuy-ci se levant tout fâché
pour s'en aller, Socrate luy dit:
» Hé quoy, ne te souviens-tu pas
» qu'avant hier dînant chez toy,
» une poule sautant sur la table,
» nous en fit autant, & cependant
» nous ne nous en mîmes pas en
» colere?

Il disoit ordinairement que la
mauvaise humeur de sa femme l'a-
voit tellement accoûtumé à la patience, qu'il étoit devenu par cette
épreuve continuelle & domestique
comme insensible à toutes les sortes d'injures, & de mauvais traite-
mens qu'il pouvoit recevoir des
autres. En effet quelqu'un demandant

dant un jour, pourquoy se voyant maltraité par Aristophanes dans la Comedie des nuées, il ne se mettoit pas en colere contre le Poëte? C'est, répondit-il, que « je m'imagine être sur le theatre « comme en un grand festin, où « l'on se divertit de moy. «

Ses amis se fâchans de ce que quelqu'un qu'il avoit salüé ne luy avoit pas rendu son salut, pour-quoy me fâcherois-je, dit-il, de ce qu'un autre n'est pas si civil que moy?

Il recommandoit à ses disciples particulierement trois choses; sça-voir, la sagesse, la pudeur, & le silence.

Un de ses disciples n'ayant rien à luy donner, se donna lui-même. Tu ne vois pas, dit-il, que tu me fais un grand present: car puisque tout est fait pour l'homme, l'hom-me vaut mieux que tout ce qu'on lui peut donner.

P

» pas au bruit des oyes? Oüy, lui
» répondit celuy-ci, parce qu'elles
» me font des œufs; & Xantippe,
repliqua Socrate, me fait des en-
» fans.

Cette même femme ayant renversé un jour la table devant Eu-
thydemus qu'il avoit prié à souper,
& celuy-ci se levant tout fâché
pour s'en aller, Socrate luy dit:
» Hé quoy, ne te souviens-tu pas
» qu'avant hier dînant chez toy,
» une poule sautant sur la table,
» nous en fit autant, & cependant
» nous ne nous en mîmes pas en
» colere?

Il disoit ordinairement que la
mauvaise humeur de sa femme l'a-
voit tellement accoûtumé à la patience, qu'il étoit devenu par cette
épreuve continuelle & domestique
comme insensible à toutes les sortes d'injures, & de mauvais traite-
mens qu'il pouvoit recevoir des
autres. En effet quelqu'un demandant

Il difoit qu'il ne fçavoit qu'une chofe, c'eft qu'il ne fçavoit rien.

Son ferment ordinaire étoit par le chien & le plane.

On doit felon luy s'abftenir des viandes qui excitent à manger, quand on n'a pas faim.

Plus il fe fentoit en danger de fe laiffer emporter par la colere, plus il abaiffoit fa voix, montroit une face riante, & parloit avec douceur, & ainfi fe tenant toûjours fur fes gardes, il fe rendoit maître de la paffion & la domptoit.

Quand il paffoit dans un Marché, autant qu'il voyoit de fuperfluitez, autant de fois il difoit : *Qu'il y a de chofes dont je n'ay pas befoin*: Ajoûtant que celuy qui fe paffoit de plus de chofes, étoit le plus femblable à Dieu.

Ces mots, *rien de trop*, étoient la régle qu'il donnoit aux jeunes gens pour leur conduite.

Alcibiade luy ayant donné une

grande place pour bâtir : C'eſt, dit Socrate, comme qui donneroit un cuir de bœuf pour faire une paire de ſouliers, (*il vouloit dire qu'étant pauvre, il n'avoit pas beſoin d'un grand logis.*)

Xantippe lui ayant un jour té-moigné qu'elle étoit honteuſe de ce qu'il avoit fait un fort petit & fort ſimple appareil pour le ſoupé des premiers de la ville qu'il avoit conviez ; il lui dit, pour la tirer de cette honte ; S'ils ſont ſobres & modeſtes, ils ne s'en ſoucieront pas ; s'ils ne ſont ni l'un ni l'autre, je ne me ſoucieray pas de leurs plaintes

Quelqu'un luy ayant demandé lequel des deux étoit le meilleur, ou de prendre femme, ou de s'en paſſer ? Le quel que tu faſſe des deux, répondit-il, tu t'en repen- « tiras.   «

On remarque que lui, qui toute ſa vie avoit aimé la verité, s'étant un jour voulu appliquer à faire des vers à cause d'un songe qui sembloit exiger cela de luy ; comme il ne se voyoit point propre à dire des mensonges, & qu'il sçavoit cependant que c'étoit le plus grand ornement de la poësie, il versifia quelques fables d'Esope, afin de mentir du moins avec utilité.

Il loüa l'apologie qu'un Orateur avoit faite pour luy ; mais il dit qu'elle ne lui étoit pas propre ; » comme des souliers, ajoûta-t il, » pourroient être bien-faits, sans » être cependant bons pour moy.

Ayant entendu qu'un de ses amis se plaignoit que tout étoit bien cher dans la ville, à cause que le vin de Chio coûtoit dix écus, que la pourpre en coûtoit trente, & que le miel coûtoit aussi beaucoup ; il le mena aux boutiques où l'on vendoit le demi picotin de farine une obole, le picotin d'olives, deux doubles, & à la friperie, où l'on pouvoit acheter un habit pour quarante sols, & lui dit : Hé bien trouvez-vous qu'il fasse bien cher vivre dans cette ville ?

Il dit à un jeune homme qui se taisoit, *Parle, afin que je te voye.*

Quand on lui demandoit s'il croyoit qu'un certain Prince de son tems fût heureux au milieu de ses richesses, de ses grandeurs, & de sa prosperité; il prioit avant que de répondre, qu'on lui apprît quelle étoit la science & la vertu de ce Prince.

Il fit un jour une repartie fort judicieuse à Platon : la voici. Socrate ayant dit en pleine table une chose qui ne devoit pas se dire en presence de plusieurs, Platon l'en reprit en luy disant : Ne vaudroit-il pas, « mieux que cela eût été dit en « particulier ? Socrate lui repartit « sur le champ; mais toi-même, Pla- « ton, n'aurois-tu pas mieux fait « de me reprendre en particulier «

» de cette faute?

Il difoit 1°, que l'appetit eft la meilleure fauce.

2°, Qu'il eft toûjours tems d'apprendre. (*C'eft pourquoy il apprit à jouer de la lyre en fa vieilleffe.*)

3°, Que ceux qui craignent de parler devant le peuple, refpectent en gros ce qu'ils méprifent en détail.

4°, Qu'il faut s'abftenir de ce qui fait boire & manger, quand on n'en a pas d'envie.

5°, Que quand les debauchez n'ont point d'argent, ils en doivent emprunter d'eux-mêmes, en diminuant leur dépenfe.

6°, Que les Grands font fouvent des fujets de tragedies.

7°, Qu'en fe promenant le matin il preparoit un ragoût pour fon dîner.

8°, Que la bonne renommée eft le parfum de la vertu.

9°, Qu'on avoit tant de foin de

faire un portrait qui reſſemblât, & qu'on n'en avoit point de reſ- ſembler à la Divinité, dont on eſt le portrait.

10°, Que ſi l'on vouloit ménager ſes pas, on pourroit faire un grand voyage de ceux que l'on perd inu- tilement.

11°, Que les livres ont ruiné la memoire.

On l'a accuſé 1°, de boire à la Grecque; c'eſt-à-dire, d'yvrogne- rie. On répond, pour le juſtifier, qu'il fût quaſi le ſeul exempt de la peſte à Athenes, à cauſe de ſa grande ſobrieté. Il diſoit ſouvent qu'il mangeoit pour vivre; au lieu que pluſieurs vivoient pour man- ger.

2°, De s'être laiſſé aller à une paſſion infame pour Alcibiade, qu'on exprime ſous le nom de foy Socratique. On a répondu que ſon amour n'étoit que pour les eſprits, afin de s'en rendre maître, & de

P iiij

leur imprimer des fentimens de vertu.

3°, D'avoir été tres-fujet à la co.-lere. Epictete dit cependant dans Arrien, qu'il ne fe fâchoit jamais; on peut encore rapporter , pour détruire cette accufation, fa pa-tience envers Xantippe , fa tran-quillité dans les difputes, où il pro-teftoit avec modeftie ne fçavoir rien de certain. Ciceron en trai-tant des paffions qu'il nomme des perturbations , dit que la raifon leur doit être comme une mede-cine Socratique pour les reduire à la moderation.

4°, On l'a foupçonné d'idolatrie à caufe qu'il dit en mourant qu'il devoit un cocq à Efculape; Tertul-lien a prétendu qu'il parla ainfi pour témoigner au Dieu Apollon en la perfonne de fon fils , fa re-connoiffance de ce qu'il l'avoit nommé le plus fage de tous les hommes; mais il y a plûtôt apparence que c'étoit par une ironie, qui luy étoit affez ordinaire : Il dit, Je dois un coq à Efculape Dieu « des remedes, parce qu'il alloit en mourant être guery de tous fes maux. S'il avoit été idolâtre, il n'auroit pas dit, comme il a fait, que Dieu eft unique & fimple de nature, né de foy-même , & feul veritablement bon , & non mêlé avec aucune matiere, ni conjoint à rien de paffible.

5°, Il y en a eu qui ont cru qu'il étoit Magicien, qu'il avoit un de- mon familier qui le gouvernoit ; que ce demon luy faifoit connoître fes confeils, ou par l'éternuëment, ou par les vifions qui paroiffoient à luy feul, ou par une voix qui luy parloit de tems en tems ; mais les plus judicieux ont cru, (& je croy que c'eft avec raifon) que fon demon familier n'étoit autre chofe, que fa grande prudence, fon attention fur le prefent, fes re-

flexions fur le paſſé, & ſa péne-
tration dans l'avenir fondée ſur des
conjectures que luy donnoit l'é-
tude du monde.

Ce grand homme s'étant moqué de la pluralité des Dieux, fut
condamné à la mort, & fut obligé
de ſe faire mourir luy même en
»beuvant de la ciguë. Sa femme
» lui diſant : Mon cher époux faut-
» il qu'on te faſſe mourir injuſte-
» ment ? Quoy, lui dit-il, aime-
» rois-tu mieux qu'on me fiſt mourir juſtement ? Il ajoûta que ſi les
Atheniens l'avoient condamné à
la mort, la nature les y avoit con-
damnez eux-mêmes ; que ſes accu-
ſateurs Anitus & Melitus pouvoient bien le faire mourir, mais
qu'il leur ſeroit impoſſible de lui
apporter aucun dommage. Ses a-
mis lui donnant le moyen de ſe
ſauver, aprés qu'il eût été condamné à la mort, il proteſta qu'il
aimoit mieux mourir injuſtement,

que de prolonger sa vie en desobéïssant aux loix de son pays ; il dit à ses Juges , que craindre la mort n'étoit autre chose que sembler être sçavant, quand on ne l'est pas ; puisque, quoy qu'on ne sçache pas ce que c'est que la mort, on ne laisse pas de la craindre comme si on la connoissoit bien. A peine eut-il rendu l'esprit , que les Atheniens se repentirent de l'avoir fait mourir. Pour témoigner leur regret, ils fermerent tous les lieux d'exercice & de divertissemens, punirent ses accusateurs , & lui éleverent une image de bronze dans le lieu le plus remarquable de la ville. Il vécut 70. ans.

P vj

DE CLITOMACHE.

CLITOMACHE étoit de Carthage, & vivoit vers la 160. Olympiade. Il étudia sous Carneadés à Athenes, & acquit une tres-grande connoissance des sectes des Academiciens, des Peripateticiens, & des Stoïciens. On dit qu'il a écrit plus de 400. volumes.

DIALOGUE XXV.

CONFUTIUS, ANTISTHENE.

CONFUTIUS.

SOCRATE n'avoit-il pas raison de vous dire un jour,
lorsque vous lui montriez vôtre manteau percé, qu'il ap-
percevoit votre vanité au travers des trous de ce manteau?

ANTISTHENE.

La vanité, ce me semble,
cherche les plus magnifiques
ornemens pour se parer.

CONFUTIUS.

Oh, il arrive souvent que

l'orgueil va en masque, & se déguise sous de certains habits qui semblent par leur étoffe, & par leur façon, n'être que la livrée de l'humilité.

ANTISTHENE.

Epargnez-moy, je vous prie. Vous me devez quelque reconnoissance : car vous sçavez que dans le recueil que vous avez fait des Sentences des Philosophes qui vous ont precedé, & sur lesquelles vous avez pris un exemple pour les vôtres, vous avez trouvé quelque chose de bon dans les miennes, & qui ne vous a pas été inutile.

CONFUTIUS.

Pour vous en marquer ma

reconnoiſſance, je vous conſeille de ne point outrer les apparences de la vertu. Il eſt plus avantageux à celuy qui veut avoir quelque reputation parmi les hommes , de laiſſer à deviner ſa vertu , que de la faire trop paroître.

ANTISTHENE.

Qui vous a dit que je veux être vertueux, pour en acquerir la reputation ?

CONFUTIUS.

Vos habits troüez.

ANTISTHENE.

dela Vanité

Si vous prétendez voir au travers de mes habits troüez, de la vanité ; ne trouvez pas mauvais ſi je vous dis, qu'en vous regardant par ces mêmes

trous, je trouve en vous du
merite , il eſt vray , mais avec
luy , une je ne ſçay quelle ſatis-
faction de vous-même , qui eſt
cauſe que vous comparant aux
autres , vous vous étes porté à
donner une mauvaiſe interpretation à leurs actions.

CONFUTIUS.

Prenez-y garde , Antiſthene : ces trous ſont aſſurement
couverts de quelques lunettes
qui groſſiſſent les objets , ou
du moins qui les font voir autres qu'ils ne ſont.

ANTISTHENE.

Et c'eſt pour cette raiſon,
qu'en regardant par ces lunettes , vous & Socrate avez crû
remarquer en moy de la vani-

té ? Avoüons tous de bonne
foy que l'envie, ou la jalousie,
ou l'amour propre, ou la haine, sont ces lunettes que tous
les hommes portent d'ordinaire avec eux.

CONFUTIUS.

Qui croiroit jamais qu'Antisthene & Confutius ont été
obligez de chercher des lunettes pour répondre aux reproches qu'on leur a fait ?

ANTISTHENE.

On s'accroche où l'on peut
pour se défendre. J'ay toûjours
remarqué qu'il n'est pas moins
facile de trouver des raisons
pour se défendre que pour at-
taquer. L'homme est si adroit,
qu'il sçait faire usage de tout

dans ces occasions. Que l'homme est heureux de sçavoir raisonner!

CONFUTIUS.

Il seroit plus heureux, s'il agissoit toûjours avec raison.

ANTISTHENE.

Et tres-heureux, s'il raisonnoit, & agissoit sans passion.

DE CONFUTIUS

CONFUTIUS Philosophe de la Chine fut appellé le Socrate Chinois. Il reduisit en quatre volumes toutes les sentences des Philosophes qui l'avoient precedé, & en fit un cinquiéme de ses propres pensées. Depuis lui on n'a plus fait de Docteurs à la Chine, qu'en les examinant sur la morale; parce qu'il a donné dans ce pays un tres-grand credit à cette partie de la Philosophie. Il passoit pour être le plus homme de bien de son tems; c'est pour cette raison qu'on lui éleva des statuës dans quelques Temples. Sa vie fut pleine de sainteté, dit le Pere Trigaut.

Selon la supputation du même Pere, ce Philosophe nâquit cinq cens cinquante & un an avant nôtre Seigneur. Il a vécu plus de 70. ans.

Ses disciples admettant une ridicule metempsycose, ont crû qu'il n'y avoit que l'ame des hommes de vertu qui fût immortelle.

Ceux qui portent le nom de Cônfutius, parce qu'ils sont de sa race, joüissent à la Chine d'une infinité de beaux Privileges, & sont fort respectez.

D'ANTISTHENE.

ANTISTHENE disciple de Socrate, fondateur de la secte des Ciniques vivoit vers la 94. Olympiade, environ l'an de Rome 350.

Sa morale étoit aigre & outrageante.

C'est le premier qui à voulu définir la parole, difant que c'eft ce qui exprime tout ce qui eft & fera. Prenant un jour les ordres des myfteres d'Orphée, & le Prêtre lui difant, pour l'encourager, que ceux qui joüiffoient de l'honneur qu'il alloit recevoir de cette nouvelle dignité, avoient dans l'autre monde de tres-grandes commoditez, pourquoy ne meurs-tu donc pas, lui repliqua-t-il ? «

Un de fes écoliers lui difant qu'il ne pouvoit le payer que quand un vaiffeau qu'il avoit fur mer, feroit arrivé; il le mena chez un Boulanger, & prenant un pain, celui-ci, dit-il, te payera, quand « fon vaiffeau fera arrivé à bon port.»

Quelqu'un lui reprochant qu'il n'étoit pas né de deux perfonnes libres; je ne fuis pas né auffi de « deux Lutteurs, dit-il, & cependant je ne laiffe pas d'être bon Lutteur.

Quand il trouvoit en fon che-

min une femme habillée autrement que sa condition ne lui permettoit, il alloit trouver son mary,
& lui disoit avec un air épouvanté,
de prendre vîte les armes, pour
aller défendre cette femme, ou de
lui faire ôter sa parure.

On remarque que c'est le premier des Philosophes qui a doublé
son manteau, afin de ne point porter plusieurs sortes d'habits.

Etant tombé malade, & disant
» au milieu de ses souffrances: He-
» las, qui me tirera de mes dou-
» leurs? Diogene qui entendit ses
plaintes, lui montra un poignard,
» & lui dit : C'est celui-cy. Helas,
» lui repliqua Antisthene: J'ay de-
» mandé qui me retirera de mes
» douleurs, & non pas de la vie.

Des personnes de mauvaise vie
l'ayant loüé, il témoigna qu'il crai-
gnoit d'avoir commis quelque crime.

Il disoit 1°, qu'il falloit laisser la

vie voluptueuſe à nos ennemis.

2°, Que la guerre fait plus de miſerables, qu'elle n'en emporte.

3°, Qu'il avoit appris de la Philoſophie à s'entretenir ſoi-même, & à faire volontairement ce que les autres font par contrainte.

4°, Que la plus neceſſaire de toutes les ſciences, c'eſt de deſapprendre le mal.

5°, Que les ennemis ſont plus neceſſaires que les amis ; parceque ceux-là reprennent les défauts, & que ceux-cy les flattent.

6°, Qu'il ne faut jamais ſçavoir gré à ceux qui nous loüent.

7°, Que l'on peut ſouhaiter toutes ſortes de biens à ſon ennemi, excepté la vaillance.

8°, Que les biens ne ſont pas à ceux qui les poſſedent ; mais à ceux qui les ſurmontent.

9°, Que l'envie conſume l'envieux, comme la roüillure, le fer.

10°, Qu'il ne faut faire proviſion dans les voyages, que des choſes qu'on peut fauver en nageant aprés le naufrage.

11°, Que l'on doit chercher du fens pour apprendre, ou un licol pour fe pendre.

12°, Qu'il chaffoit fes écoliers avec une verge d'argent. (*C'eft à caufe qu'il prenoit beaucoup d'argent pour enfeigner.*)

13°, Que les parafites font pires que les corbeaux, parce que ceux-ci ne mangent que les morts, & les autres mangent les vivans.

14°, Que le chemin qui conduit à l'immortalité, c'eft de bien vivre.

Quelques-uns s'étonnant de ce qu'il portoit lui-même en fa maifon de la marée qu'il venoit d'a-» cheter : C'eft pour moy, leur dit-» il, que je la porte.

Il difoit aux Atheniens qui fe glorifioient d'être vrays & naturels citoyens d'Athenes, qu'ils n'avoient rien en cela plus que les fauterelles & les efcargots.

DIALOGUE

✿✿✿✿✿✿✿✿✿✿✿✿✿✿✿✿✿✿✿✿✿✿

DIALOGUE XXVI.

DEMETRIUS DE PHALERE

THEODORE.

DEMETRIUS.

NE rougissiez-vous point, lorsque vous avanciez vos pernicieuses maximes?

THEODORE.

Si j'avois eu, comme vous, assez d'ambition pour souhaiter voir 360. statuës élévées à ma gloire , j'aurois peut-être parlé autrement : car souvent les discours se proportionnent aux penchans du cœur , & aux

Q

inclinations de l'esprit.

DEMETRIUS.

Si vous faisiez reflexion sur l'indifference avec laquelle j'appris qu'on avoit renversé ces mêmes statuës, vous ne m'accuseriez pas de les avoir souhaitées avec avidité.

THEODORE.

Vous faisiez de necessité vertu ; vous marquiez une fermeté d'ame, parce que vous ne pouviez affermir ces trophez élevez à vôtre gloire.

DEMETRIUS.

J'ay plus droit de vous reprocher que vous recevez de la main gauche ce que je vous donne de la main droite, c'est-à-dire, que vous interpretez

mal ce que je vous dis, que
vous n'en aviez, lorſque vous
faiſiez le même reproche à vos
diſciples. Les gens comme
vous ne ſouffrent pas volontiers ceux dont la morale, les
maximes, & la vie ſont plus réglées que toute leur conduite.
Un homme qui approuve tous
les crimes, ne peut ſouffrir
ceux qui n'approuvent que la
vertu. Et ainſi le malheur des
gens de vôtre ſorte, c'eſt non
ſeulement de n'aimer point la
vertu en eux-mêmes, mais encore de la haïr dans les autres.
Tout ce qui eſt parfait, les
met de mauvaiſe humeur, ils
haïſſent les mêmes qualitez
qu'ils admirent, & ſouffri-

Q ij

roient plus volontiers un vice
commun qu'une vertu ex-
traordinaire. En même tems
qu'ils voyent un merite qu'ils
n'ont pas , ils le regardent
comme un objet qui leur reproche leurs imperfections,
& comme ils se sentent portez à faire une comparaison
qui les fatigue , qui les insulte,
& qui les rend méprisables; il
ne faut pas s'étonner , s'ils ont
de l'aversion pour cet objet.

THEODORE.

Vous en sçavez bien long....
mais cette grande étenduë de
science ne me doit pas sur-
prendre. Un homme qui a fait
une Bibliotheque de deux cens
milles volumes , en doit sça

voir bien d'autres.

DEMETRIUS.

On n'a pas befoin de livres pour fçavoir ce que je viens de vous dire. On apprend tout cela en étudiant un peu le monde, & en confiderant ce qui s'y paffe. Le monde eft un des plus beaux livres que l'on puiffe étudier pour fa conduite. Puis que l'on a toûjours affaire avec les hommes, peut-on mieux faire que d'étudier l'homme même, & par confequent le monde, dont il fait une des plus confiderables parties ?

THEODORE.

Cela étant, tous ces livres que vous aviez amaffez avec tant de foin, étoient donc bien

inutiles. Cette grande Bibliotheque étoit une dépenſe bien
ſuperfluë.

DEMETRIUS

Les livres ont auſſi leur utilité. Ils ſervent pour preparer
l'eſprit à bien connoître le
monde, & le confirment enſuite dans ce qu'il en a connu.

THEODORE.

J'aurois été bien étonné,
ſi vous n'aviez rien dit pour juſtifier une dépenſe de tant de
milliers de volumes.

DEMETRIUS.

Les beaux ouvrages qu'ils
contenoient parlent aſſez,
quoyque d'un langage muet,
pour la juſtification de cette
dépenſe.

THEODORE.

Vous aviez fait là un beau magazin des phantaiſies des hommes ! Dites-moi, je vous prie, ſi vous y aviez trouvé quelque place pour la verité.

DEMETRIUS.

Ouy. Et elle me dit en venant s'y placer, que vous lui aviez entierement interdit l'entrée dans vos maximes.

THEODORE.

Laiſſons-là mes maximes, elles ne ſont plus de ſaiſon.

DE DEMETRIUS

DE PHALERE.

DEMETRIUS Phalereus Philosophe Peripateticien vivoit du tems d'Alexandre le Grand. Il fut disciple de Theophraste.

Les Atheniens, aprés luy avoir laissé un commandement absolu dans Athenes pendant dix ans, l'honorerent de 360. statuës d'airain, dont plusieurs étoient élevées sur des chariots attellez à deux chevaux. En suite ils le condamnerent à mort pendant son absence, & renverserent avec indignation toutes ces statuës, quand ils virent qu'ils ne pouvoient le faire revenir dans la ville pour lui ôter la vie. Il difoit, pour fe confoler de cette injure, qu'ils n'avoient pas renverfé les vertus qui avoient merité que ces ftatuës fuffent élevées à fa gloire.

Aprés cette difgrace il fe retira chez Ptolomée Lagus Roy d'Egypte. Ce Prince qui l'aimoit beaucoup, & qui fuivoit volontiers fes avis, lui demanda un jour lequel de fes enfans il lui confeilloit de faire fon fucceffeur, ou ceux qu'il avoit d'Euridice, ou Ptolomée Philadelphe qu'il avoit de Berenice. Demetrius lui ayant confeillé de couronner les premiers, Philadelphe en fut fi irrité, qu'aprés la mort du Roy fon pere, il renvoya nôtre Philofophe, qui mourut, aprés avoir été piqué à la main droite par un afpic pendant fon fommeil.

Ce fut lui qui amaffa deux cens milles volumes qui compofoient la fameufe Bibliotheque de Ptolomée

Q v

mée Philadelphe.

Il difoit 1°, que les livres font les maîtres les plus finceres qu'on puiffe donner aux Grands,

2°, Que les jeunes gens doivent être toûjours fort retenus, & refpecter dans la maifon, leurs parens; fur les chemins , les paffans ; & dans la folitude , eux-mêmes.

3°, Que l'eloquence peut autant dans une Republique , que le fer à la guerre.

4°, Que les veritables amis ne viennent en la profperité qu'aprés qu'on les a mandez , & dans l'adverfité qu'ils viennent fans qu'on les mande.

DE THEODORE,

THEODORE difciple d'Ariftippe vouloit dét uire l'ufage de l'amitié , & toute la créance qu'on avoit des Dieux. Il avoit

des maximes tres-pernicieufes, ap-
prouvoit tous les crimes , foûtenant qu'ils ne font pas honteux de
leur nature, mais par la feule opinion du peuple , qui felon luy , eft
une multitude d'ignorans.

Il difoit 1°; qu'un Sage ne doit
point fe mettre en danger pour fa
patrie; c'eft-à-dire, pour des foux;
car s'ils étoient fages , difoit-il,
tout le monde feroit leur patrie.

2°, Que quelques-uns de fes difciples recevoient de la main gauche la doctrine qu'il leur tendoit
de la main droite.

Quand on le menaçoit de le faire
pendre , il répondoit , qu'il luy é-
toit indifférent de pourrir dans
l'air ou dans la terre.

Quelqu'un le menaçant de le
faire mourir, tu feras une grande «
merveille, lui difoit-il, en fe mo- »
quant, fi tu fais ce que peut fai- «
re une cantharide.   «

Q vj

DIALOGUE XXVII.

ANAXIMANDRE, CLEOBULUS.

ANAXIMANDRE.

IL me semble que vous a-
vez avancé deux maximes
de morale qui ont entr'elles
quelque contradiction. La
premiere, c'est quand vous
dites qu'il faut pardonner aux
autres beaucoup de choses,
& ne se pardonner rien à soy-
même. La seconde, c'est
quand vous assûrez, que c'est
perdre les bons que de pardonner aux méchans.

CLEOBULUS.

Quand je vous les auray expliquées vous n'y trouverez peut-être plus de contradiction. Ecoutez donc, je vous prie.

Comme il nous eſt en quelque maniere impoſſible de penetrer entierement dans toutes les raiſons qui pourroient juſtifier les fautes des autres; Pardonnons leur le plus que nous pourrons, afin de ne point nous mettre en danger d'être accuſez d'une ſeverité injuſte.

Comme nous ſommes nous-mêmes les auteurs de nos fautes, & que leur malice ne ſe peut dérober à nos yeux, érigeons-nous en Juges ſeveres

contre nous-mêmes ; êcou-
tons, fans aucune prévention
en nôtre faveur, nôtre con-
fcience comme un témoin ir-
reprochable qui depofe contre nous ; & puniffons-nous
comme un pere punit fon fils;
c'eft-à-dire, employons fans
remiffion & fans retardement
contre nous les châtimens que
nous jugerons nous être neceffaires pour nôtre perfection.

Si nous avons lieu de croire
que les autres n'ont aucune raifon qui puiffe juftifier ce qui
nous a paru de méchant en
eux, ne leur pardonnons rien;
car en leur pardonnant, nous
apporterions du dommage
aux bons, qui, par l'efperance

de l'impunité, pourroient auffi s'abandonner au déreglement.

ANAXIMANDRE.

Aviez-vous fongé à cette grande explication avant que de donner ces maximes?

CLEOBULUS.

En doutez-vous?

ANAXIMANDRE.

Ouy, j'en doute beaucoup. Car il arrive tres-fouvent qu'on avance des propofitions fans examiner où elles peuvent aller, & quelles confequences en peuvent être tirées.

CLEOBULUS.

Apparemment quand vous avez dit que les Dieux naiffoient & mourroient, vous n'aviez pas bien examiné cette proposition : car on en peut tirer de tres pernicieufes confequences.

ANAXIMANDRE.

Parlons de vos Enigmes.

CLEOBULUS.

Parlons, je vous prie, plûtôt de vos Dieux naiffans & mourans. C'eft-là un Enigme qu'il eft tres-difficile de bien comprendre. Que vous me feriez de plaifir fi vous vouliez me l'expliquer! Car, comme vous fçavez, j'aime extremement ces fortes de jeux d'efprit.

ANAXIMANDRE.

Vous voulez donc abfolument que cette propofition foit une Enigme?

CLEOBULUS.

Je le croy ainſi. Et il n'y a perſonne de ceux qui ſont icy qui
ne croye que c'en eſt une.
Dans l'autre monde on a pu
la prendre pour une verité ex-
primée en termes naturels ;
mais on ne peut s'imaginer ici
qu'il y ait des Dieux naiſſans
& mourans. On voit trop le
contraire.

ANAXIMANDRE.

Pour vous contenter, je vais
vous dire que je prétendois
parler de ces Heros, que la
complaiſance, ou la timidité,
ou l'ignorance des peuples engageoit à reconnoître pour
Dieux.

CLEOBULUS.

Je vous fçay bon gré de cette échapatoire , elle vous fait honneur , & ne fait point de tort à la verité.

D'ANAXIMANDRE.

ANAXIMANDRE étoit de Milet, fut disciple de Thales, & vivoit vers la 55. Olympiade.

On l'a cru inventeur des regles pour faire les cadrans. Il prédit un tremblement de terre qui arriva dans la suite selon sa prediction.

Il disoit 1°, que les Dieux naissoient & mourroient ; mais par longs intervalles.

2°, Que la terre a la forme d'une colomne.

3°, Que les Astres sont des Dieux celestes.

4°, Que l'éclipse du Soleil se fait quand la bouche, par où sort la chaleur du feu, est fermée.

5°, Que la Lune a une lumiere propre.

6°. Que l'infini est le principe de toutes choses, parce que toutes choses font sorties de luy, & retournent en luy, & que ce principe est infini, afin que la generation se continuë toûjours.

❦❦❦❦❦❦❦❦❦❦❦❦❦❦

DE CLEOBULUS.

CLEOBULUS un des sept Sages de la Grece étoit de Linde ou de Carie. Sa phisionomie étoit belle, & son corps fort robuste: Il se plaisoit à faire des Enigmes: En voici une qu'il fit sur l'année.

ENIGME.

Un pere a douze enfans; chacun d'eux a 30. filles, dont quinze font blanches, & quinze noires. Elles font immortelles, & cependant il ne nous en reste pas une vivante.

Il difoit que c'eft perdre les bons que de pardonner aux méchans, & qu'on doit pardonner beaucoup de chofes aux autres ; mais qu'il ne faut fe rien pardonner à foy-même.

Il mourut âgé de 70. ans vers la 70. Olympiade.

DIALOGUE XXVIII.

XENOCRATE, POSTEL.

XENOCRATE.

QUELQUE plaisanterie que vous fassiez de moy, à cause que je meritay, & que j'obtins cette couronne d'or qui avoit été promise à celuy qui boiroit le plus ; je ne me puis fâcher contre vous ; parce qu'on m'a assûré que vous étiez plus fou que méchant.

POSTEL.

Les femmes le disent-elles aussi ?

XENOCRATE.

Les femmes n'ont que des sentimens tres-favorables pour vous ; en pourroient-elles avoir d'autres pour un Sçavant qui leur a fait esperer que les hommes seroient un jour reduits sous leur puiſſance ? Elles diſent par tout que vous étes le plus habile, & le plus honnête homme du monde.

POSTEL.

Je ne me dedierois point de ce que j'ay dit en leur faveur, ſi je n'avois point fait de voyage icy.

XENOCRATE.

Mais dites-moy , je vous prie, quelle preuve vous aviez de cette prétenduë domina-

tion des femmes fur les hommes.

POSTEL.

Belle demande! Eft-ce qu'il
eft fi difficile de trouver des
preuves pour prouver cette
propofition , quand on eft
dans l'autre monde ? On n'a
qu'à faire quelque attention
fur la maniere imperieufe avec
laquelle les femmes traitent
les hommes , lorfqu'elles leur
ont mis un grain d'amour
dans la tête, pour croire aifément que dans la fuite elles
deviendront entierement les
maîtreffes.

XENOCRATE.

On vous doit croire ; car
vous avez fait l'experience de
ce que

ce que vous dites. Je sçay le
credit qu'avoit sur vous cette
vieille fille que vous frequen-
tiez à Venise.

POSTEL.

Elle n'avoit de pouvoir sur
moy qu'autant que je voulois
bien lui en donner.

XENOCRATE.

Je le croy ; mais ajoûtez,
que vous vouliez bien lui en
donner autant qu'elle en souhaitoit.

POSTEL.

Je vous vois venir ; vous voulez en m'accusant de foiblesse,
m'exciter, pour vous flatter,
à vous parler de cette fermeté, qu'on dit que vous mon-
trâtes contre les caresses des

R

deux fameuſes Courtiſannes Laïs & Phryné.

XENOCRATE.

Moy ? Je ne veux parler que de vous.

POSTEL.

Qu'ay-je affaire que vous aimiez tant à parler de moy ? Je m'étonne de ce qu'un homme comme vous, qui avez ſi ſouvent dit que le ſilence apporte de grandes utilitez , ſoyez d'humeur à vouloir parler des autres ſi mal à propos , & ſans aucune neceſſité.

XENOCRATE.

C'eſt que cette vieille fille me tient bien au cœur.

POSTEL.

Pour toute réponſe aux rai-

fonnemens que vous me faites
fur cette vieille fille, je ne veux
que vous faire un petit conte.

XENOCRATE.

Voyons.

POSTEL.

Eudamidas voyant qu'un
Philofophe nommé *Xenocrate*,
(vous fçavez bien que c'eft
vous,) étudioit fort vieux pour
chercher la fageffe, dit de luy:
Si Xenocrate eft encore à "
chercher la fageffe, quand "
pourra-t-il donc en ufer ? Je
doute, à vous dire le vray, fi
vous l'avez trouvée cette fageffe ; un homme fage n'entre point facilement en inquie-
tude, comme vous faites, pour

R ij

des choſes qui ne le regardent
point.

XENOCRATE.

J'aime mieux me taire que de
vous parler davantage : car je
vous vois en humeur de me
dire des injures en toutes ſortes
de langues.

POSTEL.

Quoy que je ſçache beau‑
coup de langues, je ſçay gar‑
der le ſilence quand il le faut,

✿✿✿✿✿✿✿✿✿✿✿✿✿✿✿✿✿✿✿✿✿✿✿✿✿✿
✿✿✿✿✿✿✿✿✿✿✿✿✿✿✿✿✿✿✿✿✿✿✿✿✿✿

DE XENOCRATE.

XENOCRATE difciple de Platon étoit de Chalcedoine. Il paſſoit pour être tres-prudent, tres chaſte , & tres-homme de bien. Il refuſa les preſens que lui envoyoit Alexandre, & aprés avoir traité de ſon ordinaire,ſes ambaſſaïeurs : Vous voyez bien, leur dit-il, que je n'ay pas beſoin de « ce que vous me preſentez , & « que je me contente de peu. «

Il renvoya un écolier qui le vouloit venir entendre ſans avoir appris les mathematiques, comme n'ayant pas, à ce. qu'il diſoit, la clef de la Philoſophie.

Ayant de la peine à apprendre ce qu'il étudioit, il ſe comparoit aux vaſes qui ont le goulet étroit

& aux tables de cuivre.

Il ne fortoit qu'une fois l'an de fon école.

Platon luy confeilloit, à caufe de fes mœurs feveres, de facrifier aux graces.

Eudamidas voyant qu'il étudioit fort vieux pour chercher la fagef- » fe. Quand en ufera-t-il donc, » dit-il, s'il eft encore à la cher- » cher?

Phryné & Laïs fameufes Cour- tifannes firent en vain leurs efforts pour le corrompre.

On ajoûtoit tant de foy à fes pa- roles, qu'il fut difpenfé par les Atheniens de jurer, quand il fe- roit appellé en témoignage.

Il remporta un jour chez Denis le prix d'une couronne d'or qui avoit été promife à celuy qui boi- roit le plus.

Un paffereau pourfuivi par un épervier s'étant fauvé entre fes mains, il le défendit, difant que

nous ne devons point trahir celuy
qui se rend à nôtre mercy.

Aprés avoir calculé le nombre
des syllabes que les lettres Crec-
ques pouvoient faire par leurs mé-
langes, & par leurs transpositions il
trouva qu'il montoit à 100200000.

Il disoit ordinairement qu'on s'est
tres-souvent repenti d'avoir parlé, & que l'on ne s'est presque jamais repenti de s'être tû.

Quand il parloit de la curiosité,
il assuroit qu'il n'y a point de difference entre mettre les yeux ou
les pieds en la maison d'autruy.

Il mourut âgé de 82. ans, ayant
donné par mégarde du front contre un chaudron.

R iiij

DE POSTEL.

GUILLAUME Poſtel étoit de Baranton en Normandie. Il naquit vers l'an 1477. On l'appella d'abord Dolerie, du nom d'une terre ainſi appellée qui appartenoit à ſa famille.

On l'a ſurnommé l'abîme de ſçavoir. Il s'appliqua beaucoup à la Philoſophie, & aux Mathematiques.

On le relegua au Monaſtere de ſaint Martin pour avoir ſoûtenu, à la ſollicitation d'une vieille fille qu'il frequenta à Veniſe, que le ſexe des femmes n'avoit pas été entierement racheté par nôtre Sauveur.

Il fut Profeſſeur Royal des langues étrangeres, Bachelier en Medecine à Paris, puis il ſe fit Prêtre.

Sa memoire étoit prodigieuse, & son habileté étoit si universelle pour toutes les langues, qu'il se ventoit de pouvoir faire le tour de la terre sans truchement.

Il disoit que JESUS-CHRIST devoit venir une seconde fois au monde, & que dans cet avenement une Religieuse qu'il avoit connuë à Venise, (c'est apparemment la vieille fille dont j'ay parlé cy-devant,) seroit la redemptrice des hommes. Il prétendoit avoir prouvé que les hommes seroient un jour reduits sous la puissance des femmes. Scaliger dit qu'il étoit plus fou que méchant.

Il mourut âgé de plus de cent ans, attribuant sa longue vie à sa continence.

R v

DIALOGUE XXIX.

XENOPHON, PHILOLAUS.

XENOPHON.

IL est vray que j'ay beaucoup parlé en faveur de la
gloire ; mais n'ay-je pas eu
raison ? N'est-elle pas de tous
les biens celuy qui convient le
mieux à l'homme , & qui est le
plus digne de luy? Ne sacrifie-
t-il pas tous les jours ses richesses, & même sa vie pour l'acquerir , comme si elle étoit le
centre de son repos & de sa felicité ?

PHILOLAUS.

Je l'ay estimée autant qu'on la peut estimer, puisque je fus si sensible aux affrons, & à la perte de ma reputation, que je mourus de regret, & de chagrin de me voir accusé d'avoir voulu me faire Tyran de ma patrie ; mais à present je vous avouë de bonne foy, que je ne connoissois point la veritable gloire ; je n'avois point d'autre idée que de celle qui consiste dans l'opinion des hommes. Or il me semble que c'est un bien trop fragile pour être digne, que l'on risque tant, afin de l'acquerir.

R vj

XENOPHON.

Quelque fragile que soit la gloire, & quelques bizares que soient ceux qui la font ; il me semble qu'il est du devoir de l'homme de travailler pour elle ; parce qu'en cherchant la gloire, l'on a du moins l'avantage de prendre le chemin qui y conduit. Si on n'a pas le bonheur d'acquerir les honneurs, & de se les conserver aussilong-tems qu'on le souhaite, on a du moins le plaisir d'avoir mis en usage tout ce qui les fait meriter. Et ainsi on peut se flatter que si on est privé d'une gloire vaine & imaginaire, on en a acquis une qui est réelle & veritable.

PHILOLAUS.

Le plus sûr est donc d'aimer, & de pratiquer la vertu pour elle même.

XENOPHON.

Il y a plus de solidité dans cette pratique : mais où trouve-t-on cette perfection ?

PHILOLAUS.

On la trouve premierement dans les écrits de plusieurs Philosophes......

XENOPHON.

Vous n'aurez point un *secondement* à dire ; car on ne la trouve que là. Tant que les hommes vivront avec les hommes , ils songeront à plaire aux hommes , à se ménager mutuellement les uns les au-

tres, parcequ'il y a entr'eux
une certaine liaison , un certain enchaînement d'interêts,
qui prendra toûjours dans leur
esprit le dessus de ce qu'on appelle heroïque , generosité , &
desinteressement. Ces Philosophes mêmes qui disent que la
vertu est si belle qu'on ne la
doit aimer que pour elle-même , parlent si bien en sa faveur , moins pour l'amour
d'elle , que pour se faire estimer de ceux à qui ils en parlent de la sorte. L'amour propre , & l'amour de la vertu ont
leurs interêts differens. Celuy-
là va toûjours le premier ; &
celuy-ci ne fait que le suivre ,
& luy obeïr.

PHILOLAUS.

Ce n'eſt pas ſans raiſon, que vous aviez dans l'autre monde la reputatiou de poſſeder une éloquence qui s'inſinuoit agreablement dans les eſprits, & qui obtenoit d'eux ce que vous en ſouhaittiez. La maniere avec laquelle vous me parlez, me confirme dans la glorieuſe idée qu'on m'avoit donnée de vous.

DE XENOPHON.

XENOPHON étoit d'Archie bourgade prés d'Athenes. Il vivoit vers la 94. Olympiade. La douceur & la facilité de son éloquence le firent appeller la Muse Attique, & l'Abeille Grecque ; c'est cet éloge qui fut cause que lui & Platon ne s'accorderent gueres ensemble, parce que celuy-ci prétendoit à la même gloire.

Il eut Socrate pour maître, & se rendit également recommandable, dans l'histoire, dans l'art militaire, & dans la Philosophie.

Il servit en Asie Agesilas Roy des Lacedomoniens, & se fit beaucoup aimer de Cyrus par les services considerables qu'il lui rendit.

Etant à la tête de ses troupes qui assiegerent Bisance. Il entra dans cette ville, & parla aux soldats avec une éloquence si vive & si forte, qu'il empêcha qu'elle ne fût pillée.

Un de ses grands plaisirs étoit d'aller à la chasse, & de nou rrir beaucoup de chevaux.

Quelqu'un luy ayant un jour rapporté la mort de son fils, il ôta le chapeau de fleurs qu'il avoit sur la tête pour témoigner sa douleur; mais il le remit aussi-tôt qu'il eut appris qu'il étoit mort en homme d'un grand courage.

On admire sa bonne foy particulierement en une chose; c'est que ce fut luy qui tira des tenebres les œuvres de Thucidide, quoy qu'il pût facilement se les attribuer.

Il disoit 1°, que l'homme ne peut rien entendre qui lui plaise plus que ses loüanges en la bouche d'autruy.

2°, Que les bons menagers doivent faire profit de tout, même des ennemis aussi-bien que des amis.

3o, Que ce que nous entendons le moins volontiers, ce sont les loüanges qu'un autre se donne.

4o, Que les travaux du Capitaine ne sont pas si penibles que ceux du soldat, parce que l'honneur que le Capitaine reçoit en guerre, les affoiblit, & les rend plus supportables.

DE PHILOLAUS.

PHILOLAUS Pythagoricien étoit de Crotone, & vivoit vers l'an 360. de Rome.

Selon lui 1°, tout se fait par harmonie, & par necessité. 2o, Le Soleil est une maniere de verre qui recevant la reverberation du feu qui est dans tout le monde, en transmet la lumiere vers nous.

Il mourut de chagrin de se voir accusé d'avoir voulu se faire Tyran de sa patrie.

DIALOGUE XXX.

ANACARSIS , DIOGENE.

ANACARSIS.

HE fi, fi, Diogene, vous faites deshonneur à la gravité Philosophique avec vos manieres d'agir qui ne conviennent qu'à un gueux & à un bâteleur.

DIOGENE.

Il faut assurément que vous ayez mangé un des seconds raisins que la vigne porte, & qui enyvre selon vous, pour me parler comme vous faites.

ANACARSIS.

Tous les honnêtes gens ont donc mangé de ce raisin ; car il n'y en a pas un qui approuve vôtre conduite. Ils avoüent qu'il se trouve quelque chose de bon dans quelques-uns de vos principes, mais ils conviennent tous que vous gâtez ce peu que vous avez de bon par des especes de bouffonneries & d'extravagances, qui ne ressemblent point du tout à la modestie, à la douceur, & à la gravité de la Sagesse. Par exemple....

DIOGENE.

Voyons cet exemple.

ANACARSIS.

Par exemple, on vous loüe

d'avoir dit que la pudeur est la couleur de la vertu ; mais on ne peut qu'on ne vous ait en abomination, quand on fait reflexion sur'ce que vous faisiez de contraire à cette pudeur.

DIOGENE.

Lucien ne m'a pas fait appeller pour rien par moy-même *le Her*^{aut} *de la franchise & de la verité.* J'étois Heraut de la verité, parce que je ne la cachois à personne; j'étois le Heraut de la franchise, parce que non seulement je voulois que mes pensées fussent connuës de tout le monde ; mais encore je ne prétendois cacher aucune de mes actions ; & c'est là ce qui s'appelle une *liberté Philoſophique.*

ANACARSIS.

Cette liberté ſent bien le libertinage. S'il eſt vray que la liberté Philoſophique n'eſt autre choſe que celle qui franchit hardiement tous les obſtacles qu'on luy oppoſe, pour apprendre aux autres, ſoit par les exemples, ſoit par les diſcours, à regler leurs mœurs. La vôtre, comme vous voyez, a de la hardieſſe, il eſt vray : mais elle a auſſi bien du déreglement.

DIOGENE.

Il faut que vous ne ſongiez pas que j'ay un bâton à la main, quand vous parlez de la ſorte,

ANACARSIS.

Qu'ais-je à craindre de vous,
quoy que vous ayez un bâton,
s'il est vray que vous étiez si
patient dans l'autre monde,
que, quelques jeunes gens vous
ayant maltraité dans un festin, vous vous contentâtes,
pour toute vangeance, d'écrire leurs noms auprés des playes
qu'ils vous avoient faites?

DIOGENE.

Ne comptez pas sur cette
histoire.

ANACARSIS.

C'est-à-dire, que, comme
les reproches que je vous fais
ne vous font pas des playes vi-
sibles, & qu'ainsi vous ne
pourriez écrire nulle part
mon

mon nom, comme une inscription glorieuse pour vous, il faut que je vous craigne comme je devrois craindre le plus impatient de tous les hommes.

DIOGENE.

Vous voulez dire que l'orgueil étoit le motif de ma patience.

ANACARSIS.

Ouy, je le diray de vôtre patience aussi-bien que de quelques-unes de vos autres vertus, quand même vous devriez me donner un coup de vôtre bâton. J'ay trop d'indignation contre vôtre *liberté Philosophique*, pour me taire.

S

DIOGENE.

Vous avez une liberté de langue qui me defespere.

ANACARSIS.

Ne me reconnoîffez vous point auffi à prefent pour un *Heros de verité & de franchife?*

DIOGENE.

Je vous reconnoîtray pour ce que vous voudrez, pourvû que vous foyez de mes amis.

ANACARSIS.

Je feray vôtre ami, puifque vous me témoignez le fouhaiter; mais à condition que vous renoncerez entierement aux *libertez Philofophiques.*

DIOGENE.

Ne craignez point que je

donne davantage dans cette conduite. Ne sçavez-vous pas que les sentimens que nous avons icy sont d'ordinaire bin differens de ceux que nous avions dans l'autre monde?

S ij

D ANACARSIS.

ANACARSIS étoit Scythe de nation. Quelqu'un lui faisant des reproches de ce qu'il étoit de Scythie pays qui passoit alors » pour être barbare, il lui dit: mon » pays me fait deshonneur, & tu » fais deshonneur au tien.

Il vivoit du tems de Cresus selon Suidas. On le croyoit inventeur de l'ancre des navires, & de la roüe des Potiers. Il fit un traité des moyens de conduire un ménage à petits frais.

Quelqu'un lui demandant s'il y avoit plus de vivans que de morts; » En quel rang mettez-vous ceux » qui navigent, dit-il.

Quand on lui demandoit s'il n'y avoit point de musique en son pays, il répondoit qu'il n'y avoit pas seulement de vignes, (pour *montrer que la musique est la compagne de la débauche.*)

Il disoit 1°, que la vigne porte trois raisins ; le premier , de volupté ; le second, d'yvrognerie ; le troisiéme , de tristesse.

2°, Que le moyen le plus efficace pour s'engager à s'abstenir du vin , c'est de se représenter les vilains & les extravagans mouvemens des yvrognes.

3°, Qu'il s'étonnoit de ce que les Grecs punissoient ceux qui se disent des injures , pendant qu'ils faisoient honneur aux Athletes, qui s'entrefrappent cruellement.

4°, Que le marché est un lieu destiné pour se tromper l'un l'autre, & pour entretenir l'avarice.

5°, Que les Grecs ne se servoient de leur monnoye qu'à compter & à jetter.

6°, Que la langue est la meilleure & la plus méchante partie de l'homme.

7°, Que le meilleur vaisseau est celuy qui est arrivé au port.

8°, Que l'yvrognerie est une leçon de sobrieté. (*à cause des maux qu'on en souffre, & de l'infamie quil a suit.*)

9°, Que ceux qui navigent sont à quatre doigts de la mort (*parce que les vaisseaux n'ont que quatre doigts d'épaisseur.*)

10°, Que la place publique est le theatre de l'injustice, (*à cause des tromperies qui se font dans le commerce,*) quelques-uns disent qu'il fut tué à la chasse par son frere ; d'autres, qu'il fût mis à mort pour avoir voulu établir des loix étrangeres dans la Scythie.

DE DIOGENE.

DIOGENE fils d'un Banquier étoit de Sinope ville de Paphlagonie dans l'Asie Mineure. Il nâquit vers l'an de Rome. 341.

ayant été convaincu de faire de la
fauſſe monnoye, il fut chaſſé de ſa
patrie, & ſe retira à Athenes où il
étudia ſous Antiſthene fondateur
de la ſecte des Cyniques.

Quelqu'un lui faiſant des reproches de ce que les Sinopiens l'a-
voient banni du pays Du-pont, il
lui dit, & moy, je les ay confinez «
dans le pays Du-pont.   »

Quand il ſe preſenta à Antiſthene pour être ſon diſciple, celui-ci
ſe refuſa ; & pour l'éloigner de lui,
le frapa de ſon bâton ſur la tête ;
mais Diogene lui dit : Quelque
dur que ſoit ton bâton, je te vien- «
dray entendre, ou bien il te fau-«
dra taire. Antiſthene le voyant ſi «
opiniâtre à vouloir prendre ſes leçons, le reçut dans ſon école.

Le premier jour que Diogene
s'adonna à la Philoſophie étoit un
jour de fête celebre chez les Atheniens ; ce n'étoit que jeux, que feſtins, que danſes, & autres diver-

S iiij

tiſſemens d'éclat ; nôtre Philoſophe étoit cependant avec un morceau de pain bis dans un coin d'où
il voyoit toutes ces réjoüiſſances.
Cette vûë le jetta dans une violen-
te tentation de quitter la maniere
de vivre qu'il commençoit à em-
braſſer ; les reflexions qu'il faiſoit
ſur la difference qu'il y avoit entre
lui & tous les Atheniens, qui ne
ſongeoient qu'à ſe divertir, affoi-
bliſſoient extremement ſa reſolu-
tion ; enfin dans le tems qu'il ſem-
bloit ſuccomber à la tentation, il
remarqua une ſouris qui mangeoit
les miettes qui étoient tombées de
ſon gros pain : la vûë de cet animal
qui faiſoit bonne chere de ſes re-
ſtes, le fit rentrer en lui-même, &
l'encouragea à perſeverer dans
ſon entrepriſe. Il y fut ſi conſtant,
qu'il paſſa tout le reſte de ſa vie
dans une pauvreté, dans une indifference pour les biens du monde, & dans une inſenſibilité aux in-

jures, & aux traverſes de la fortune, de ſorte que l'on n'a pû s'empêcher de l'admirer, quelques défauts que l'on ait trouvé dans ſes
maximes, & dans quelques-unes
de ſes actious. Un tonneau étoit ſa
maiſon; une beſace, un bâton, &
une écuelle étoient tous ſes meubles; encore rompit-il l'écuelle a-
près avoir vû un jeune payſan boire dans le creux de ſa main. On dit
qu'ayant vû auſſi un jeune garçon
manger des lentilles avec une
croute de pain au lieu de cuillere,
il rompit ſa cuillere.

La ſecte dont il étoit fut appellée Cynique à cauſe du lieu nommé Cynoſarges, où Antiſthene
faiſoit ſes leçons, & qui étoit fort
peu éloigné des portes d'Athenes. On dit encore que c'étoit à
cauſe de la maniere de vivre trop
libre de ces Philoſophes.

Il demanda un jour à Alexandre, s'il n'avoit point peur que le
S v

chien ne le mordît.

Un Superstitieux le menaçant, il lui dit, qu'il le feroit trembler, en se mettant seulement à sa main gauche : (*c'est qu'elle étoit de mauvais augure.*)

Il se nommoit Cosmopolyte, c'est-à-dire, citoyen de tout le monde.

» Un bon Prince lui disant : Tu ne
» me crains point : Un bon Prince,
» dit-il, n'est pas à craindre.

Il s'appelle chez Lucien le Heraut de la verité & de la franchise. En effet il ne déguisoit point ses sentimens, parloit hardiement aux Grands aussi-bien qu'aux petits, n'épargnoit personne dans ses reprimendes; & avoit des reparties également mordantes & subtiles. Voici plusieurs exemples de ses reparties, & ses sentimens les plus particuliers.

» Use de tout ce que tu trouveras,
» sans te mettre en peine à qui il ap-

partient, parce que, difoit-il, «
puifque tous les biens de ce mon- «
de appartiennent à Dieu, & que «
l'homme fage eft l'ami de Dieu le «
plus intime, il peut fe fervir de «
tout ce qui eft au monde comme «
d'une chofe qui lui appartient, «
fuivant ce principe, que *toutes* «
chofes font communes entre les «
amis.   «

Il fe moquoit des Grammairiens
qui recherchent les erreurs d'Ulif-
fe, & negligent les leur; des Muficiens qui ont foin de mettre un
inftrument bien d'accord, fans fe
foucier d'accorder leurs paffions;
des Aftrologues qui ont toûjours
les yeux dans le ciel, & qui ne
voyent pas ce qui eft à leurs pieds;
des Orateurs qui s'étudient à bien
parler, & non à bien faire; des
avares qui ont foin d'acquerir des
richeffes, & non de s'en fervir;
des Philofophes qui louënt le mépris des grandeurs, & qui font la
S vj

cour aux Grands ; & de ceux qui
facrifient pour la fanté , & qui fe
tuënt de manger aux facrifices.

Il entra un jour dans un lieu de
fpectacles , lorfque tout le monde
en fortoit, & dit à ceux qui s'en
étonnoient, qu'il pratiqueroit toute fa vie la même chofe, c'eft-à-dire, qu'il iroit toûjours contre le
cours de la multitude, fans vouloir s'accorder avec fes opinions.

Quelqu'un lui difant : Tu es
vieux, il eft tems que tu te repofes,
» il repartit ; quoy, fi je courois
» dans une carriere , faudroit-il
» m'arrêter, quand je me verrois
» proche du but ?

Il foûtenoit que ce qui eft bon,
eft bon pat tout, & que par confequent, puifqu'il eft bon de boire,
de manger , & de faire le refte des
actions naturelles ; il n'y a point de
mal à boire, à manger , & à faire
en prefence de tout le monde comme le refte des animaux, tout ce

que les hommes ne pratiquent ordinairement que dans la solitude;
cette maniere d'argumenter portoit les Cyniques à des salletez a-
bominables. Il ne laissoit pas d'appeller la pudeur, la couleur de la
vertu.

Alexandre ayant envoyé une
lettre à Antipater pour les Atheniens, par un homme qu'on nommoit le Miserable: C'est un mise- «
rable, dit Diogene, qui porte la «
lettre d'un miserable à un misera- «
ble, pour des miserables. (*Il croyoit* «
que tous les hommes étoient des mal-
heureux.)

Lorsqu'on estimoit Callisthene
heureux de ce qu'il mangeoit à la
table d'Alexandre; & moy je le «
trouve malheureux, disoit Dio- «
gene, de ce qu'il ne mange qu'à «
l'appetit d'autruy.   «

Un jour ayant été rudement
heurté par un Manœuvre qui
portoit une piece de bois, & qui

ne lui avoit dit de prendre garde à
foy qu'aprés le coup, il le frapa de
fon bâton, & en fuite lui dit: Prens
garde à toy.

Un Banquier l'ayant bien frotté,
& lui difant qu'il y avoit trois milles drachmes pour lui à la banque,
(*c'étoit le prix de l'amande.*) il le
frotta bien à fon tour, & lui dit,
qu'il reprit fon argent. Cette maniere d'agir n'étoit gueres conforme à ce confeil d'Euripide : *Souffre fans te plaindre*, qu'il confeilloit fouvent de fuivre. Voicy une
action un peu plus conforme à ce
confeil : quelques jeunes gens
l'ayant maltraité dans un feftin, il
fe contenta pour toute vangeance d'écrire leurs noms auprés des
playes qu'ils luy avoient faites.

Quelqu'un le menaçant de le
faire mourir , il repartit qu'une
araignée en pouvoit faire autant.

Il difoit 1º, que l'amour étoit
l'occupation des perfonnes oifives.

2°, Que la plus dangereuſe des
bêtes farouches, c'eſt le médiſant;
& des bêtes privées, le flateur.

3°, Qu'il s'oppoſoit à la fortune
par la confiance ; à la loy, par la
nature ; & aux paſſions par la raiſon.

4°, Qu'on faiſoit plus volontiers
l'aumône aux pauvres boiteux ou
aveugles, qu'aux Philoſophes,
parce qu'on croyoit pouvoir devenir plûtôt boiteux ou aveugle que
Philoſophe.

5°, Que la Philoſophie lui avoit
ſervi à regarder indifferemment la
bonne & mauvaiſe fortune.

6°, Qu'en conſiderant la Philo-
phie, la Politique, & la Medecine,
il prenoit l'homme pour le plus
ſage de tous les animaux; mais qu'il
le prenoit pour le plus fou, en
voyant les Devins, les Aſtrolo-
gues, & les Interpretes des ſonges.

7°, Que nous devons tâcher

d'auoir de bons amis pour nous apprendre à faire le bien , & de méchans ennemis pour nous empêcher de faire le mal.

8°, Que pour se vanger de son ennemi , il faut se rendre vertueux & homme reglé.

9°, Que tous les jours sont des jours de fêtes pour les gens de bien.

10°, Que les hommes demandent aux Dieux ce qui leur semble bon , & non pas ce qui leur est veritablement bon.

11°, Que quand nous achetons un pot de terre, nous ne nous contentons pas de le regarder , mais nous le frapons du doigt pour juger de sa bonté par le son qu'il rendra ; au lieu que nous nous contentons de l'exterieur des hommes pour en juger.

12°, Qu'il n'est pas honnête de tendre la main aux amis les doigts ployez.

13°, Que Denys usoit de ses amis comme de vaisseaux que l'on conserve quand ils sont pleins, & qu'on rejette quand ils sont vuides.

14°, Que les gens de bien sont les images des Dieux.

15°, Qu'un vieillard sans biens est une chose bien miserable.

16°, Que l'or est pâle, parce qu'il craint les embûches qu'on lui dresse.

17°, Que le vin dont il beuvoit le plus volontiers, étoit celui qui ne lui coûtoit rien.

18°, Que le riche dîne quand il veut, & le pauvre quand il peut.

19°, Qu'il y avoit beaucoup de personnes aux jeux Olympiques, mais peu d'hommes.

20°, Que si l'on faisoit des sacrifices aux Dieux, pour avoir des enfans, on en devoit encore faire pour en avoir de bons.

21°, Qu'il entroit dans les mauvais lieux, sans se corrompre ; de même que le Soleil entre dans les égouts, sans se salir.

22°, Qu'il demandoit l'aumône à des statuës pour s'accoûtumer à être refusé sans chagrin.

23°, Que la doctrine sert de refrein aux jeunes gens, de soulagement aux vieillards, de richesses aux pauvres, & d'ornement aux riches.

24°, Que toutes choses appartiennent aux Sages.

25°, Qu'Harpalus Lieutenant d'Alexandre à Babylonne, qui étoit de son tems grand voleur, faisoit conjecturer par sa prosperité, ou qu'il n'y avoit point de Dieu; ou que s'il y en avoit quelqu'un, il ne prenoit aucun soin des affaires de ce monde, puisqu'il permettoit qu'un tel homme fût de longue durée; on connoît par ce raisonnement que nôtre Philosophe ne s'élevoit point au deſſus des esprits vulgaires, qui jugent de

Dieu par eux-mêmes.

26°, Que la liberté est le plus grand de tous les biens, & le fondement de tous les autres.

27°, Que l'esperance est la derniere chose qui meure dans l'homme.

28°, Que la convoitise d'avoir, est la metropolitaine de tous les vices.

29°, Que pour haïr les Courtisannes, il les faut voir en particulier.

30°, Que les Grands font semblables au feu, dont il ne faut ni s'éloigner, ni s'approcher trop.

31°, Que ceux qui disent bien & font mal, font semblables aux instrumens de musique qui n'entendent pas ce que l'on chante dessus

32°, Que les Orateurs font des esclaves du peuple.

33°, Que les couronnes des Athletes font les ampoules de la gloire.

34°, Que les biens des prodigues

font femblables aux fruits qui naif-
fent dans les precipices , dont il
n'y a que les corbeaux , (*les parafites*) qui mangent.

35°, Que les chofes necéffaires
coûtent peu ,& les inutiles beaucoup.

36₀, Que ceux-là font loüables,
qui difent toûjours qu'ils fe marient, & qui ne fe marient point ;
qu'ils navigent, & qui ne s'embar-
quent point ; qu'ils entrent dans
les affaires , & qui n'y entrent
point.

Quoyque Diogène ait eu dans
la morale des opinions contraires
à la juftice & au bon fens, comme
on a pu remárquer cy-devánt en
quelques endroits , il a cependant
eu fes admirateurs; tout le monde
ne l'a pas traité , comme le traite
un Auteur de ce fiecle qui le compare à Brufquet & à Maître-Guil-
laume ; il y en a qui ont prétendu
que ce Philofophe fe portoit à ces

extremitez vicieufes dont nous a-
vons parlé , exprés pour ramener
les autres au milieu de la vertu ;
imitant en cela, difent-ils, les «
Muficiens excellens , qui ne font «
nulle difficulté dans un concert , «
qu'ils gouvernent , de poufler «
leurs voix un peu au de-là du «
ton où ils veulent ramener ceux «
qui ont difcordé. Julien a dit que
Diogene reffembloit à ces boëtes
peintes de filenes & de grotefques
par le dehors, qui ne contiennent
rien que de precieux au dedans.
Seneque dit : Si quelqu'un n'eft «
pas bien affûré de la felicité de «
Diogene , celuy-là peut encore «
revoquer en doute l'état des Dieux «
immortels , & ce qu'on croit de «
leur beatitude. Saint Jerôme le fait
expirer au pied d'un arbre avec
ces derniers propos , *qu'il donnoit*
a mort à la fievre , plûtôt qu'il ne la
eccvoit, comme s'il eût été fûr de
fon immortalité.

Lui & Platon ont eu souvent l'un contre l'autre quelques manieres d'agir un peu piquantes. En voicy des exemples. Un jour que Platon l'avoit invité à un banquet avec ses amis, & qu'il avoit fait orner proprement la salle du festin pour leur faire honneur, Diogene qui ne pouvoit souffrir la propreté de Platon , & qui triomphoit, quand il trouvoit quelque occasion de censurer ses actions , se mit à fouler aux pieds avec mépris le tapis & les autres meubles, disant: *Je foule aux pieds l'orgueil de Platon.* Celui-ci lui répondit tranquillement : *Il est vray, Diogene : mais vous le foulez par un plus grand orgueil.* Une autre fois Diogene demeurant un jour volontairement exposé à un grand orage, ceux qui le voyoient ayant pitié de luy., & » le plaignant: Si vous voulez mon- » trer à Diogene que vous avez » veritablement pitié de lui , dit

Platon, vous n'avez qu'à vous re- «
tirer ; voulant dire par-là , que
Diogene n'agiſſant de la ſorte que
pour être admiré , il ſe retireroit
bien-tôt, quand il n'auroit plus
de témoins de ſa prétenduë bravoure. On a dit qu'une autrefois
embraſſant tout nud au cœur de
l'hyver une ſtatuë de bronze , un
Laconien lui demanda s'il n'avoit
pas grand froid ; & qu'ayant répondu que non , le Laconien lui repartit , quelle grande merveille
fais-tu donc là ? Platon ayant defi-
ni l'homme, *un animal à deux pieds*
ſans plumes , Diogene pluma un
coq , & le jettant dans l'Academie,
il dit : *Voilà l'homme de Platon.*
Quand Platon diſputant des idées
ſe ſervoit de termes extraordinaires, pour exprimer leur nature,
comme de ces mots , *la tabletté , la*
taſſeté, pour les idées de la table, &
de la taſſe ; Diogene lui diſoit : Je «
vois bien la table & la taſſe, mais «

»je ne vois point la *tableté*, ni al
»*tasseté* ; je le croy, repliquoit Pla-
» ton; car tu as des yeux pour voir la
» table & la tasse; mais tu n'as point
» d'entendement pour compren-
» dre la *tableté*, & la *tasseté*. Il pria
un jour Platon de lui donner un
flacon de vin, & un peu de figues;
Platon lui en envoya beaucoup
plus qu'il n'avoit demandé : Diogene, au lieu de lui en témoigner
sa reconnoissance, prit occasion de
ce present pour l'accuser d'être
trop grand parleur, lui disant que
de même qu'il donnoit plus qu'on
ne lui demandoit, aussi répondoit-
il toûjours au de-là des demandes
qu'on lui faisoit. Platon l'ayant un
jour appellé Chien, il lui répon-
» dit : Je serois veritablement chien,
» si je retournois comme toy à la
» table de ceux qui m'ont mal-
» traité. Il vouloit parler de Denis qui avoit fait vendre Platon
dans le premier voyage que celui-ci

lui-cy fit en Sicile.

Voici encore plusieurs autres reparties qu'il fit en diverses occasions, & à differentes personnes.

Ayant été mené comme espion à Philippe dans son camp, lorsque ce Prince étoit sur le point de donner bataille aux Grecs, il luy dit hardiement : Oui, je viens pour visiter ton insatiable cupidité de « dominer, & ta folie qui te fait ha- « zarder en une heure ta cou- « ronne & ta vie. «

Quelqu'un lui disant : On se « moque de toy, Diogene ; & moi « je ne me sens point moqué, ré- « pondit-il

Voyant un jeune garçon qui mangeoit goulument, il donna un soufflet à son maître, en disant : C'est toi qui en es cause, parce que « tu ne l'as pas repris de ce défaut. «

Ayant dormi un peu avant que de mourir, il dit que le frere étoit venu au devant de sa sœur.

T

Traitant un jour quelque matiere ſerieuſe, & perſonne ne le venant écouter, il ſe prit à chanter;
on accourut auſſi-tôt auprés de lui,
pour entendre ſes chanſons; mais
lui au lieu de continuer ſon chant,
il dit à ceux qui l'écoutoient, qu'ils
n'étoient propres qu'à prendre
plaiſir à des folies, & leur fit pluſieurs reprimandes.

Il cria un jour au milieu de la place : O hommes, venez ici ; chacun
accourant à lui, il prit ſon bâton,
& en les chaſſant, il leur dit: Allez,
canaille, j'ai appellé des hommes,
& non pas des ordures.

Quelqu'un l'ayant convié à ſou-
» per, il refuſa d'y aller, parce que
» dit-il, j'y allai hier, & on ne m'en
remercia pas ; c'eſt qu'il prétendoit que ceux qui faiſoient des fa-
veurs, étoient obligez à ceux qui
les recevoient, parce que ceux-ci
en recevant des bienfaits, donnoient à ceux de qui ils les rece-

voient, occasion de faire un bien.

Voyant une femme se coucher incivilement sur sa face pour prier les Dieux, il lui dit: Ne crains tu » pas que Dieu dont toutes choses « sont pleines, ne te voye par der- » riere en ce vilain état. Il consacra à » Esculape un homme pour battre à coups de pieds & de poings ceux qui se coucheroient ainsi par terre sur leur face.

Etant sur le point d'achever de lire un livre qui l'avoit beaucoup ennuyé, il dit (comme les Mariniers sur mer) en montrant la fin : *Courage mes amis, je vois terre.*

Il se proménoit seulement, pour répondre à un Philosophe qui disoit qu'il n'y avoit point de mouvement dans la nature.

Un Astrologue parlant des choses celestes , il lui demanda de quand il étoit venu du ciel ?

Quelqu'un ayant fait mettre sur la porte de sa maison, cette inscription, *que rien de mauvais n'entre par icy* ; il demanda par où entroit donc le maître.

Il mettoit les parfums fur les pieds ; à caufe, difoit-il, que l'odeur monte toûjours.

On l'a vû aller fouvent à midy dans le marché, & dans les places publiques, avec une lanterne allumée, difant : *Je cherche un homme.*

Lorfqu'il avoit befoin d'argent, il en demandoit à fes amis, & leur difoit que ce n'étoit pas du leur, mais du fien qu'ils lui donnoient ; à caufe que toutes chofes font communes entre ceux qui font liez d'amitié.

Quelqu'un lui jettant des os comme à un chien, il alla piffer contre lui, difant : Je veux te montrer » que je fuis tel que tu crois.

Ayant entendu un très-mauvais » joüeur de luth, il lui dit : Je te » loüe beaucoup de ce qu'étant fi

ignorant dans la fcience de bien «
toucher cet inftrument , tu t'a- «
donne plutôt à en joüer qu'à déro «
ber. «

Ayant appris qu'un prodigue
vendoit fa maifon, il dit: Je fça- «
vois bien que cette maifon man- «
geroit, & boiroit tant, qu'à la fin «
elle vomiroit fon maître dehors. «

Lorfqu'il voyoit une femme
dans une litiere , il difoit que la
cage ne répondoit point à la fero-
cité de la bête ; & un jour qu'il vit
des femmes penduës à des oli-
viers, il s'écria. Plût au ciel que
tous les arbres fuffent chargez de
tels fruits !

Comme il n'avoit ni valet, ni
fervante , on lui demanda qui
prendroit le foin de l'enfevelir
quand il feroit mort ; ceux, répondit-il , qui auront befoin du lieu
où fera mon cadavre.

Quelques-uns lui confeillant de
chercher un ferviteur appellé Ma-

nes qui l'avoit quitté : Quoi, dit-il,
Si Manes se peut bien passer de
moy, est-ce que je ne pourray pas
aussi me passer de lui ?

Anaximene disputant un jour
dans son école en presence de ses
disciples ; Diogene qui s'y étoit
trouvé, s'avisa de sortir de sa besace un morceau de lard, & de le
montrer aux écoliers qui écoutoient Anaximene ; ceux-ci aussi-
tôt se retournerent pour regarder les postures de nôtre Philosophe, qui les voyant ainsi distraits,
& Anaximene en colere contre
» lui ; dit : Je vois bien qu'il ne faut
» qu'un morceau de lard pour ren-
» verser la dispute d'un grand Phi-
» losophe.

Demandant à Euritius quelque
chose qu'il étoit difficile d'obte-
» nir, celui-ci lui dit, je te la don-
» neray, si tu me le peux persua-
» der ; si j'avois le pouvoir de te persuader, lui repartit Diogene, la

première chose que je te persua-
derois , ce seroit de t'aller pendre.

La Courtisanne Phriné ayant de-
dié au temple de Delphes , une
Venus d'or massif , il écrivit sur
son pied d'estal cette inscription.
*Voici le trophée de l'intemperance des
Grecs.*

Alexandre le Grand lui ayant
demandé ce qu'il faisoit pour être
appellé chien ? Je flatte, répon- «
dit-il , ceux qui me donnent ; «
j'abboye contre ceux qui ne me «
donnent rien , & je mords les «
méchans. Une autre fois il dit à «
Alexandre: Tout ce que je te de- «
mande , c'est de me rendre mon «
Soleil. Ce fut alors que ce Prince «
dit : Si je n'étois Alexandre, je voudrois être Diogene. Le pere du
même Alexandre l'ayant trouvé
dans un cimetiere , lui demanda
ce qu'il faisoit: Je cherche , lui dit
Diogene , les os de ton pere , «

» mais je ne les puis reconnoître;
» car tous les os que je trouve icy
» font égaux.

Un jour qu'il mangeoit au milieu de la place, & qu'il vit que
ceux qui l'environnoient lui
» crioient, ô le chien; vous êtes plus
» chiens que moi, leur répondit-il,
» d'être ainsi autour de moy, quand
» je dîne.

Ayant vû qu'un méchant Ath-
lete qui avoit toûjours été vaincu
aux jeux Olympiques, faisoit profession de medecine ; aparemment,
» lui dit-il , tu t'es fait Medecin
» pour abbatre ceux qui t'ont au-
» trefois vaincu.

Un pere lui ayant amené fon
fils, dont il disoit beaucoup de bien,
loüant son esprit & ses bonnes
» mœurs; S'il est tel, qu'a-t-il be-
» foin de moy , lui dit Diogene ?

Entendant un homme de confi-
deration méprifer fon pere, il lui fit
» ce reproche: N'as tu pas honte

de méprifer celui qui t'a donné «
les moyens de te faire eftimer ? «

Quand il voyoit quelque beau
jeune homme parler incivilement,
il lui difoit : Tu devrois rougir de
confufion, de tirer d'une guaifne «
d'yvoire un coûteau de plomb. «

S'il trouvoit quelqu'un qui fût
parfumé : Prens garde, difoit-il «
que ce parfum de ton corps ne «
fafle fentir mauvais ta vie. «

Il demanda un écu à un prodigue : Pourquoi me demandes-tu
tant d'argent, lui dit ce prodi «
gue, puifque tu ne prens jamais «
des autres plus d'un denier? C'eft, «
lui répondit Diogene, que j'ef- «
pere recevoir encore quelque «
chofe des autres à l'avenir; mais «
j'ai lieu de craindre que pour toy «
tu n'ayes bien-tôt plus rien à me «
donner. «

Ayant vû un Archer tres-mal
adroit à donner au blanc, il s'affit
prés du but, difant que c'étoit là

où il étoit le plus en sûreté.

Xeniade qui l'avoit acheté, lui confia non seulement la conduite de ses enfans pour les instruire ; mais aussi de toute sa maison : ses amis le voulant racheter, il les appelloit insensez, & leur disoit que les lions n'étoient point serviteurs de ceux qui les nourissoient, mais qu'ils étoient plûtôt leurs maîtres.

Voyant un jour Dioxippus qui faisoit son entrée sur un chariot de triomphe dans la ville, pour avoir remporté le prix aux jeux Olympiques, & remarquant qu'il avoit toûjours les yeux attachez sur une » jeune fille; Voyez dit-il, à ceux » qui étoient auprés de lui, nôtre » champion victorieux, & triom— » phant, qu'une jeune fillete em— » meine par le colet par tout où elle » veut.

Trouvant un bain fort sale, dites- » moy, je vous prie, dit-il, à ceux » qui étoient dans ce bain, où se va t'on baigner au fortir d'ici ?

Il nommoit un mauvais Muſicien *le coq*, à cauſe que ſa voix é-
toit ſi deſagreable, que quand il
chantoit, tout le monde ſe levoit
pour s'en aller.

Etant blâmé d'avoir verſé par
terre du vin de ſa taſſe, j'aime
mieux le verſer, dit-il, que non
pas qu'il me verſe.

Il dit aux Myndiens qui avoient
une petite ville & de grandes portes; Fermez vos portes, Myndiens,
de peur que vôtre ville ne ſorte.

Quelqu'un lui ayant demandé
comment il vouloit être enſeveli ?
Il témoigna qu'il deſiroit qu'on
jettat ſon corps ſans l'enterrer.
Quoi, lui dit-on, voulez-vous
être devoré par les bêtes ? non,
repartit-il, vous n'aurez qu'à
mettre mon bâton prés de moy,
afin que je les puiſſe chaſſer.
Comment le feriez-vous, lui ajoû-
a-t-on, puiſque vous n'aurez a-

lors aucun sentiment ? He bien «
donc, repliqua-t-il , qu'aurois-je «
à craindre de leurs morsures ? «
Ne seroit-ce pas folie à moy «
de m'en inquieter à present ?

Selon quelques-uns , ce fut un
poulpe qu'il mangea tout crud qui
le fit mourir. On dit qu'il l'avoit
mangé crud , pour essayer si les
hommes se pouvoient passer de
l'appareil des viandes avec le feu ;
& qu'en mourant de cet essay , il
dit : *O hommes voila ce que je fais
pour vous.* D'autres prétendent qu'il mourut de la morsure
d'un chien qui le mordit au pied
pendant qu'il vouloit partager aux
chiens un polype pour leur dîner;
d'autres enfin assûrent qu'il s'é-
touffa en retenant son souffle. Il a
vêcu 90. ans. Sa mort arriva le même jour que celle d'Alexandre le
Grand. Il ordonna qu'aprés son
trépas , on mît son corps en un
certain lieu nommé Elisse , où les
chiens

chiens fe trouvoient ordinairement, afin que fes freres, (c'eft
ainfi qu'il appelloit les chiens,) en
reçuffent quelque profit. On lui
éleva une colomne, qui foûtenoit
un chien taillé du plus beau marbre de Paros.

FIN.

A PARIS,

De l'Imprimerie d'Antoine Lambin,
1692.

V

Fautes à corriger.

Page 19. *ligne derniere, ajoûtez.* Il vécut plus de 80 ans selon Valere Maxime.

Pag. 23. *l.* 22. raspodies, *lisez*, rapsodies.

Pag. 24. *l.* 13. on me dit tout, *lisez*, on médit de tout.

Pag. 25. *l.* 3. nous, *lisez*, vous.

Pag. 56. *l.* 2. des, *lisez*, les

Pag. 72. Les dix points doivent faire un triangle Equilateral.

Pag. 160. *l.* 17. si il, *lisez* s'il.

Pag. 170. *l.* 9. rien, *lisez* ri en.

Pag. 181. *l.* 19. avegle, *lisez*, aveugle.

Pag. 189. *l.* 4. Eurimedon n'est qu'un mot.

Pag. 225. *l.* 2. ardon, *lisez* pardon.

Pag. 244. *l.* 3. d'airian, *lisez*, d'airain.

Pag. 246. *l.* 3. il lût, *lisez*, il prononça.

Pag. 321. *l.* 5. 20 tout, *lisez*, toute.

Pag. 338. *L'antepenult.* eunes, *lisez*, jeunes.

Pag. 351. *l.* 18. *mettez* les mots de la vanité aprés le mot, voir.

Pag. 365. *l. ult.* dont, *lisez* donc.

Pag. 378. *l.* 6. vetité, *lisez*, verité.

Pag. 406. *l.* 12. heros, *lisez*, heraut.